BASTEI
LÜBBE

Hans Werner Kettenbach

Grand mit Vieren

Thriller

BASTEI LÜBBE

BASTEI-LÜBBE-TASCHENBUCH
Band 13 467

Erste Auflage
dieser Ausgabe:
Juli 1993

Titelfoto: Bastei-Archiv
Umschlaggestaltung:
Quadro Grafik, Bensberg
Druck und Verarbeitung:
Brodard & Taupin,
La Flêche, Frankreich
Printed in France

ISBN 3-404-13467-2

Es besteht besonderer Anlaß, darauf hinzuweisen, daß die Personen dieses Romans in der Wirklichkeit nicht existieren. Sie sind zwar nicht völlig frei erfunden, und nur wenig ist erfunden an dem Milieu, in dem sie sich bewegen. Aber die Personen ebenso wie das Milieu wurden umkonstruiert nach den gängigen (wenn auch umstrittenen) Gesetzen der Detektivgeschichte. Die Wirklichkeit der Bundeshauptstadt wurde aufgetrennt und neu zusammengefügt, bis eine Geschichte herauskam, die nie passiert ist und nie passieren wird.

Die Wirklichkeit ist weniger dramatisch als die Detektivgeschichte. Sie ist weder so bösartig noch so anheimelnd. Sie schürzt ihre Knoten langsamer, weniger hektisch, meist viel verwickelter und oft so würgend unauflöslich, wie es keiner Detektivgeschichte verträglich wäre und kein Leser es ertrüge.

1

Die Botschaft hatte einen kleinen Autobus gechartert. Er brachte die Journalisten vom Flugplatz Charles de Gaulle zum Hotel in der Rue du Faubourg St-Honoré. Der Minister fuhr mit Blaulicht voraus. Er war nicht mehr zu sehen, als der Kleinbus sich in die Stadtautobahn einfädelte.

Grewe saß auf der hinteren, durchgehenden Bank mit Delvos zusammen, den Koffer neben sich, die Schreibmaschine zwischen den Füßen. Er spürte die drei Flaschen Bier, die er sich auf dem kurzen Flug von Bonn nach Paris hatte bringen lassen. Er trank sonst selten am Vormittag. Seine Beine waren angenehm schwer, ein warmes Gefühl spreizte sich in seinem Bauch und drang abwärts.

Die Stadtautobahn, die sich auf mächtigen Stelzen durch die Außenbezirke fraß, mutete ihn fremd und zugleich vertraut an. Es konnte daran liegen, daß er schon seit geraumer Zeit die Städte verwechselte, in die es ihn in den vergangenen Jahren hineingeweht hatte, auf zwei, drei Tage, höchstens einmal eine Woche, je nachdem, wie lange der Staatsbesuch oder die Verhandlungen dauerten, über die er für seine Zeitung zu berichten hatte.

War es Montreal, dessen Dächer, verschnörkelte Fassaden, Reklameschilder, Hinterhöfe im Vorbeifahren so ähnlich ausgesehen hatten? Die Batterien von Schornsteinen. Das leuchtete auf wie ein farbenfrohes Mosaik. Irgendwo in dem zerfetzten grauen Novemberhimmel mußte die Sonne ein Loch gefunden haben.

Erst auf dem brodelnden Boulevard St-Denis, als sie

sich unzweifelhaft in Paris befanden, konnte er sich wieder orientieren.

Er erinnerte sich an die kleine Seitenstraße, in der er vor zwanzig Jahren an einem lauen Sommerabend unschlüssig, in praller Erregung auf und ab gelaufen war. Lichter in der Dämmerung, mattschimmernde Haut, das strömende Verkehrsgeräusch vom nahen Boulevard, in das immer wieder Musik- und Gesprächsfetzen aus den Bars hineinfielen. Die provozierende Geruchsmischung aus Pisse und Parfum. Ein Windhauch auf der erhitzten Stirn.

Körner, Kleinschmidt und Felten, die weiter vorn im Bus saßen, waren bereits mächtig in Stimmung. Körner hatte auf dem Flug mindestens drei Whisky zu sich genommen, Kleinschmidt seinen üblichen Gin Tonic: halbe-halbe. Es sah so aus, als erinnerten auch sie sich an das Viertel.

Kleinschmidt schlug Felten auf die Schulter und rief: »Junge, laß dich doch hier für deine Sendung anrufen, die Mädchen haben doch Telefon!« Der Presseattaché der Botschaft, der ganz vorn neben dem Fahrer saß, drehte sich um und verbarg seinen Ekel hinter einem verständnisvollen Lächeln.

Delvos, der die ganze Zeit stumm, aber unverkennbar glücklich aus dem Fenster geblickt hatte, sah Grewe an. »Findest du das nicht auch zum Kotzen?«

»Nee. Warum denn?«

»Na ja. Kaum sind die hier angekommen . . .«

»Na und?« Grewe schnippte die Asche von seiner Zigarette. »Du hast gut reden. Erst erzählst du mir, du hast die ganze Nacht herumgemacht, und dann wunderst du dich, daß andere Leute hier schneller anspringen als du.« Es tat ihm leid, sobald er diesen rüden Satz ausgesprochen hatte, aber Delvos blieb ruhig.

»Stimmt auch wieder.« Delvos lächelte und sah aus dem Fenster.

Vor dem Hotel standen fünf Flics, auf die beiden Eingänge verteilt, und drei Zivilisten, denen man ihren Beruf auch ohne Uniform ansah. Sie musterten die Koffer, die auf dem Bürgersteig nebeneinander gestellt wurden. Auf der anderen Seite der engen Straße machte Grewe drei weitere Aufpasser aus. Einer hatte sich vor dem kalten Regen, der mittlerweile seinen Schleier durch die Häuserschlucht zog, in den Eingang einer kleinen Galerie zurückgezogen. Die beiden anderen harrten barhäuptig an der Bürgersteigkante aus und ließen die Augen über die Front des Hotels wandern.

Auf der Kreuzung der Avenue Matignon stand ein weiterer Flic und regelte den Verkehr. Die drei schwarzen Limousinen, in denen der Minister und die Delegation vom Flugplatz abgeholt worden waren, parkten am Haupteingang des Hotels, vor ihnen die Motorräder der Polizeieskorte.

Der Presseattaché und ein junger, drahtiger Mensch, der aus dem Hotel gekommen war und den Attaché begrüßt hatte, sprachen mit einem der Zivilisten. Es dauerte eine Weile, bis der Zivilist nickte und eine Handbewegung machte, als wolle er ein Auto zum Weiterfahren antreiben. »Allez!« Zwei Hausdiener, die bis dahin unter der gestreiften Markise des Haupteingangs gewartet hatten, griffen die Koffer und trugen sie hinein.

An der Rezeption gab es Ärger. Der Presseattaché las laut eine Liste vor, auf der die Journalisten mit ihren Zimmernummern verzeichnet standen. Delvos hatte seinen Schlüssel bereits und wollte mit Grewe zum Aufzug gehen, als ein älterer, dunkel gekleideter Mann aus der Rezeption herausstürzte, ihnen nachsetzte und Delvos am Arm faßte: »Je m'excuse, monsieur, mais ce n'est pas votre clef!«, und schon griff er nach dem Schlüssel. Delvos hielt den Schlüssel fest und antwortete wütend, in seinem fließenden Französisch, das für Grewe zu schnell war.

Aus der erregten Diskussion, in die auch der Presseattaché und der junge drahtige Mensch sich einschalteten, begriff Grewe schließlich, daß Delvos' Zimmernummer auf der Liste der Botschaft falsch war. Für Delvos war ein anderes Zimmer reserviert. Es dauerte eine Weile, bis Delvos und der Presseattaché, der nicht als Dämelack dastehen mochte, den Versuch aufgaben, der Verwechslung auf den Grund zu gehen. Schließlich nahm Delvos den anderen Schlüssel an. Er erhielt dazu ein Päckchen, das im Schlüsselfach gestanden hatte.

Grewe versuchte, während sie auf den Aufzug warteten, ihn zu beruhigen. Aber Delvos war mißtrauisch. Er kündigte an, daß er sofort wieder hinuntergehen werde, wenn man ihn etwa auf ein mieses Zimmer abgeschoben haben sollte.

Im Aufzug sah Grewe auf das Päckchen, das Delvos noch immer in der Hand hielt, ohne es wahrzunehmen. Nur die Zimmernummer war darauf eingetragen, in kräftigen Ziffern: 482.

»Na, Junge, wenn das nicht was zu bedeuten hat.« Grewe tippte auf das Päckchen. »Da schickt dir eine Dame was, die ihr Inkognito wahren will.«

Aber Delvos war zu Scherzen noch nicht aufgelegt. »Spinner.« Er stopfte das Päckchen in die Tasche.

Sie waren beide auf der vierten Etage untergebracht,

Grewe schräg gegenüber dem Aufzug, Delvos um die Ecke auf der Straßenseite. »Also, bleibt's dabei? In zehn Minuten in der Halle?«

Grewe fragte, obwohl er eigentlich gar keine Lust mehr hatte, die Zeit bis zum ersten Informationsgespräch, das auf 15 Uhr angesetzt war, mit Delvos zu verbringen. Er fürchtete, daß Delvos entweder übellaunig bleiben oder sich wieder für das Thema begeistern würde, über das er sich auf dem Flug von Bonn nach Paris schon so atemlos verbreitet hatte: seine neue große Liebe, eine Frau, die nach seiner Darstellung ein Traumweib sein mußte. Sowohl die eine als auch die andere Aussicht ödete Grewe an. Aber er hatte Hunger, und er hoffte, daß Delvos, der sich in Paris besser auskannte, ihm zu einem guten Mittagessen verhelfen würde.

Delvos blieb stehen und sah Grewe zu, der seinen Zimmerschlüssel ausprobierte. »Ja, okay, in zehn Minuten. Das heißt, wenn wir in diesem Scheißhotel bis dahin unsere Koffer bekommen haben. Wieso ist eigentlich nicht gleich einer von diesen Gepäckträgern mit uns hochgefahren?«

»Menschenskind, weil die mit der Karre unseren ganzen Verein auf einmal bedienen. Nun vergiß es doch.« Grewe öffnete seine Zimmertür und schob sie hinter sich etwas heftig ins Schloß. Das Zimmer war, wie erwartet, in Ordnung. Er probierte den Fernsehapparat aus, warf seinen Mantel aufs Bett. Das Fenster ging hinaus auf einen Lichtschacht. Man sah ein Stück des schwarzgrauen Himmels. Der Regen hatte ein Strichmuster auf die Fensterscheiben gezeichnet.

Grewe überlegte einen Augenblick, ob er seine Frau anrufen solle. Er schaute ins Bad hinein. Fabelhaft, natürlich ein Bidet. Er hockte sich, in Hose und Jacke, prüfend darüber, sah sich plötzlich im Spiegel, der die ganze Wand einnahm, schnitt sich eine Grimasse: »Ah, bonjour, Madame, comment allez-vous?« Komisch, daß die Franzosen so ein Ding für erforderlich hielten, obwohl die Badewanne gleich daneben stand.

Es klopfte.

Vor der Tür stand der Hausdiener mit einer Karre voller Koffer. Grewe suchte nach Kleingeld, gab dem Hausdiener drei Francs. Er schloß die Tür und packte seinen Koffer aus. Nachdem er den dunklen Anzug in den Schrank gehängt hatte, öffnete er die Flasche Whisky, die der Botschafter mit verbindlichen Empfehlungen auf den kleinen Schreibtisch hatte stellen lassen, setzte sie an und nahm einen kräftigen Schluck.

Er ging zurück zu seinem Koffer. Als er den braunen Kordsamt-Anzug in den Schrank hängte, verspürte er eine dumpfe Erschütterung auf den Ohren. Die Zimmertür schlug heftig im Schloß, er spürte unter seinen Sohlen, wie der Fußboden erzitterte. Glas splitterte in seinem Rücken. Irgendwo kreischte eine Frau, spitz und langgezogen. Grewe trat von dem Kleiderschrank zurück und sah, daß ein Bild von der Wand gefallen war. Er wollte zum Fenster, kehrte auf halbem Wege um und riß die Tür auf.

Ein paar Deckenleuchten waren ausgefallen. Grewe schmeckte die graue Wolke aus Staub und Rauch, die hinter der Korridorbiegung hervordrang. Er stürzte der Wolke entgegen, bog um die Ecke, sah die Zimmertür, die halb aus dem Rahmen heraushing. Sie trug die Nummer 482. Noch immer quollen Staub und Rauch aus der zerfetzten Öffnung.

Von der anderen Seite des Korridors kam ein stämmiger Mann im Sprintertempo heran. Er schrie: »Zurück!«, als Grewe den Rest der Tür zur Seite trat. Grewe hustete, hielt sich sein Taschentuch vor Mund und Nase und stieg in das Zimmer, über einen zerbrochenen Stuhl, knirschende Mörtelbrocken. Der stämmige Mann war hinter ihm, er versuchte, ihn festzuhalten, Grewe schüttelte ihn ab.

Das Zimmer war verwüstet. Die Bettdecke brannte. Der stämmige Mann stieß Grewe beiseite, packte die Bettdecke an einem Zipfel und riß sie herunter, schlug sie übereinander, brüllte: »Los, helfen Sie mal!« Gemeinsam traten sie die Flammen aus.

Unten auf der Straße näherte sich ein Polizeifahrzeug mit winselnder Sirene, es klang sehr laut durch die leeren Fensterhöhlen. Grewe dachte, daß die Polizeisirenen in New York ein ganz anderes Signal geben. Welches nur?

Während er ein paar Flämmchen austrat, die noch einmal aufgeflackert waren, wurde ihm in einem sehr zähflüssigen Prozeß, der endlos lange zu währen schien, bewußt, was das nächste war. Er drehte sich um. Der stämmige Mann kniete neben einem gestaltlosen Bündel, das an der Wand zum Badezimmer halb saß, halb lag. Grewe sah einen absurd verdrehten Fuß in einem aufgeplatzten Schuh. Dann sah er das Gesicht, das einmal Delvos gehört hatte.

Grewe wandte sich ab. Er drückte sich an den Menschen vorbei, die in das Zimmer drängten. Er wurde an eine Frau gepreßt, deren Haar einen herb-süßen Duft ausströmte. Ein Flic tauchte auf, riß die Menschen mit beiden Armen zurück. Grewe fand sich auf dem Korridor wieder.

Er bog um die Ecke, schloß die Tür seines Zimmers, die noch immer offenstand, hinter sich und kam gerade noch rechtzeitig ins Badezimmer.

Nachdem er sich erbrochen hatte, hielt er sein Gesicht unter kaltes Wasser. Er spülte den Mund aus und ging ans Telefon. Er suchte, weil sie ihm nicht einfiel, die Vorwahlnummer der Bundesrepublik aus seinem Notizbuch heraus und wählte die Nachrichtenredaktion seiner Zeitung an. Niemand meldete sich. Grewe legte auf, wählte neu, diesmal das Stenographenzimmer. Der Hörer wurde sofort abgehoben. »Aufnahme, Wagenknecht.«

»Tag, Fräulein Wagenknecht, hier ist Grewe. Ich bin in Paris.«

»Ach, Sie Glücklicher! Wie ist denn das Wetter?«

»Beschissen. Fräulein Wagenknecht, in der Nachrichtenredaktion meldet sich niemand, können Sie bitte was aufnehmen?«

»Ja, natürlich, einen Augenblick, bitte, mein Block ist voll, ich muß mir einen neuen holen.«

Grewe zog die Flasche Whisky heran, klemmte den Telefonhörer zwischen Ohr und Schulter, schraubte den Verschluß der Flasche auf, nahm einen langen Schluck. Er fragte sich, ob Fräulein Wagenknecht schon wieder am Apparat war und sich auf das anhaltende Gluckern einen Reim machte. Er wischte den Mund ab, fühlte noch einmal krampfartig ein Würgen, hustete. Er hatte den Mund nicht gründlich genug ausgespült.

Er nahm noch einmal einen Schluck. Als er sich eine Zigarette anzündete, meldete sie sich wieder.

»Entschuldigung, Herr Grewe, ich mußte ein neues Paket aufmachen, jetzt kann es losgehen.«

»Okay.« Grewe zog an der Zigarette. »An Nachrichten. Bombenanschlag auf Ministerhotel. Von unserem Korrespondenten Peter Grewe.«

Das Mädchen am anderen Ende schrie halblaut auf:

»Um Gottes willen, ist Ihnen was passiert, Herr Grewe?«

»Nein, nein, alles okay, also weiter: Paris, Gedankenstrich. Am Donnerstag ist auf das Pariser Hotel, in dem einige der Teilnehmer der internationalen Konferenz zur Bekämpfung des Terrorismus wohnen, ein Anschlag verübt worden. Um . . .« Grewe sah auf seine Armbanduhr. »Um 12.35 Uhr explodierte im Zimmer des Bonner Journalisten Dr. Claus Delvos – Claus mit Cäsar und Delvos mit Viktor und Siegfried – Claus Delvos, der in Begleitung der deutschen Delegation reiste, eine Bombe. Delvos ist tot.« Grewe stutzte für den Bruchteil einer Sekunde. War Delvos wirklich tot? Er schob die Whiskyflasche in einer heftigen Bewegung von sich weg.

Es klopfte energisch an seine Zimmertür: »Ouvrez! Ouvrez tout de suite!«

Grewe drückte seine Zigarette aus. »Andere Menschen kamen nicht zu Schaden.«

Drei Schläge dröhnten an die Zimmertür, das war nicht mehr der Knöchel, sondern die Faust.

»Schreiben Sie das schon mal, ich melde mich später wieder. Bis dahin.«

»Herr Grewe, passen Sie schön auf sich auf!«

Er hatte schon aufgelegt. Er öffnete die Tür, die unter neuen Schlägen erbebte. Ein Flic und einer der Zivilisten standen davor. Der Zivilist packte ihn am Oberarm, und als Grewe sich losreißen wollte, drückte er zu, Grewe fühlte einen stechenden Schmerz, der Flic machte einen Satz nach vorn und packte ihn an dem anderen Arm.

2

Der junge Mann mit dem langen, gepflegten Haarschnitt blätterte Grewes Reisepaß durch, langsam, sorgfältig. Ein paarmal verharrte er, schob den Paß ein wenig näher unter die Schreibtischlampe mit dem grünen Schirm. Es wurde fast schon dunkel in dem kleinen überheizten Büro. Draußen über dem Quai des Orfèvres hatte sich der Himmel endgültig zugezogen. Es regnete anhaltend.

Grewe rieb sich den Oberarm, der noch immer schmerzte. Er konnte nicht genau erkennen, welche Visa den jungen Mann besonders interessierten. Wahrscheinlich waren es die arabischen. Wie hieß der Kerl noch mal? »Je suis l'inspecteur Janin. Asseyez vous«, hatte er gesagt. Inspektor Janin. Der Name hätte aus einem Kriminalroman von Simenon stammen können. Gleich würde Maigret die Tür öffnen und hereinschauen, in Hut und Mantel, mit Schal und Pfeife, erkältet.

Plötzlich schlug der junge Mann den Paß zu, schob ihn zur Seite, sah Grewe an, richtete mit zwei Fingern den Knoten seiner Krawatte, die vollendet auf das zart gestreifte Hemd abgestimmt war.

»Vous êtes arrivé à l'hôtel avec Monsieur Delvos, n'est-ce pas?«

Fast hätte Grewe »oui« gesagt. Er kniff die Augen zusammen und starrte den Inspektor an. Sein Arm schmerzte. Er dachte nicht im Traum daran, diesen Arschlöchern auch nur einen Schritt entgegenzukommen.

»Ich verstehe Sie nicht. Je ne comprends pas. Mein Französisch ist sehr schlecht.«

»Ah, non, non, non, non!« Der Inspektor Janin

lächelte. »Vous comprenez bien, je crois.« Pause. Unten auf dem Quai quietschten Bremsen. »Vous avez visité beaucoup des pays francophones, n'est-ce pas?« Er lächelte. Grewe blickte starr zurück. Das dauerte eine ganze Weile.

Dann griff der Inspektor Janin wieder nach Grewes Paß, nun nicht mehr lächelnd. »Sie haben viele Länder besucht. Zum Beispiel einige arabische Länder. Dort spricht man Französisch, nicht wahr?« Also doch. Der Kerl sprach fließend Deutsch. Grewe zündete sich eine Zigarette an.

»Ich bin durchgekommen, mit meinen paar Brocken. Aber zu mehr langt es nicht.«

»Nun, wir werden sehen.« Janin legte den Paß weg und zog ein leeres Blatt Papier heran, nahm einen Bleistift aus der Schale. »Sie sind heute mittag zusammen mit Herrn Dr. Delvos im Hotel angekommen?«

»Ja.«

»Erzählen Sie, bitte. Und vergessen Sie nichts. Es ist sehr wichtig.«

Grewe zog an seiner Zigarette. Schwätzer.

»Wir sind zusammen angekommen, mit den anderen Kollegen. Die Botschaft, die deutsche Botschaft hier, hatte einen kleinen Bus für uns zum Flughafen geschickt. Im Hotel waren wir kurz nach zwölf. Wir sind . . .«

»Einen Augenblick, bitte.« Janin zog einen Aktendeckel heran, schlug ihn auf. »Diese anderen Kollegen . . . Nennen Sie mir die Namen bitte.«

»Kleinschmidt, Dr. Franz Kleinschmidt. Hans-Jürgen Felten. Und Günter Körner.«

Janin sah in seinen Aktendeckel. »Und Herr Dr. Delvos und Sie. Diese anderen Herren arbeiten auch als Journalisten in Bonn?«

»Ja.«
»Sonst war niemand im Bus?«
»Doch.« Grewe zog an seiner Zigarette. »Der Fahrer.«
Janin runzelte die Stirn. »Und Herr Dr. Simonsen, nicht wahr?«
»Wer ist das?«
»Kennen Sie nicht den Presseattaché Ihrer Botschaft?«
Grewe drückte ärgerlich seine Zigarette aus. »Ich hatte seinen Namen vergessen. Ich habe ihn heute zum ersten Mal gesehen.«
Janin klappte den Aktendeckel zu.
»Continuez. Fahren Sie fort.«
»Wir sind also kurz nach zwölf . . .«
»Einen Augenblick bitte, entschuldigen Sie.« Janin visierte mit der Bleistiftspitze einen Punkt auf seinem Blatt an. »Wo hat der Autobus Sie erwartet?«
»Auf dem Flugfeld.«
»Auf dem Flugfeld?«
»Auf dem Flugfeld, richtig.« Grewe starrte Janin an. »Der Bus stand in der Kolonne, die den Minister und die Delegation zum Hotel brachte.«
»Und Sie haben mit dem Herrn Minister und seiner Delegation das Flugfeld verlassen?«
»Ja.«
»Sie haben sich also nicht einer Kontrolle unterzogen, durch die Polizei und durch die Zollbeamten?«
»Nein.«
»Aber Sie sind vor dem Abflug in Bonn kontrolliert worden?«
»Nein.«
Janin starrte ihn an. »Wollen Sie sagen, daß Sie unkontrolliert das Regierungsflugzeug bestiegen haben?«

»Ja, natürlich will ich das sagen!« Grewe fixierte Janin. »Ich weiß nicht, was daran so besonders ist. Das ist immer so. Wenn Journalisten auf einem Regierungsflug mitgenommen werden, dann sind das doch nicht irgendwelche unbekannten Passagiere. Von den fünf, die heute auf dem Flug waren, kannte der Minister jeden persönlich. Außer mir sind sie alle Spezialisten. Sie beschäftigen sich besonders mit dem Ressort des Ministers. Herr Felten zum Beispiel. Und Dr. Delvos auch.«

Grewe griff nach seinen Zigaretten. »Delvos hat alles mögliche kommentiert für seinen Sender. Aber er hat sich besonders für den Terrorismus interessiert. Er hat auch ein paar große Sachen darüber geschrieben und in Zeitschriften veröffentlicht. Er ging in dem Ministerium ein und aus. Und er war gar nicht so selten auch bei dem Minister zu Hause.«

Grewe merkte, daß Janin ihn stumm beobachtete. Er kniff die Lippen zusammen.

»Sie sind kein Spezialist?«

»Nein.«

»Wie kommt es, daß Sie trotzdem an dieser Reise teilnehmen?«

»Weil meine Zeitung einen Bericht über diese Konferenz haben wollte und weil unser Pariser Korrespondent im Krankenhaus liegt.«

»Wie heißt Ihr Korrespondent?«

»Hermann Wackerath.«

Janin notierte den Namen. »Aber der Minister kennt auch Sie persönlich?«

»Ja.«

Janin legte seinen Bleistift ab. Er griff zum Telefonhörer, legte ihn wieder auf. »Excusez-moi. Einen Augenblick, bitte.« Er ging in das Nebenzimmer, schloß die Tür hinter sich.

Grewe verspürte Befriedigung darüber, daß dieser jugendliche Sherlock Holmes prompt auf die erste falsche Fährte gestiegen war, die sich ihm anbot. Weil sie nicht kontrolliert worden waren, glaubte der Dummkopf ganz offensichtlich, daß Delvos sich die Bombe eigenhändig in seinem Gepäck mitgebracht hatte. Womöglich glaubte er, daß Delvos die Ministerkonferenz in die Luft sprengen wollte und irrtümlich zu früh an der Strippe gezogen hatte. Beim Auspacken womöglich.

Grewe schnaufte verächtlich. Seine Gedanken begannen wieder um das Päckchen zu kreisen, das Delvos mit dem Zimmerschlüssel übergeben worden war. Wieso hatte nicht Delvos' Name daraufgestanden, sondern nur die Zimmernummer? Die Nummer eines Zimmers, das ursprünglich nicht für Delvos vorgesehen war?

Langsam jetzt, und logisch bitte: Wenn das Päckchen die Bombe enthalten hatte, sprach dann nicht alles dafür, daß die Sprengladung gar nicht für Delvos bestimmt gewesen war, sondern für jemand, der ursprünglich in Zimmer 482 hatte wohnen sollen?

Grewe wußte sehr wohl, daß eben nicht alles dafür sprach. Er verbiß sich wieder in den Gedanken, der ihn sehr daran zweifeln ließ, daß Delvos schlicht einer Verwechslung zum Opfer gefallen war. Was war mit Delvos' Traumweib?

Aber er drang auch dieses Mal nicht bis auf den Grund vor. Er merkte, daß er allmählich müde wurde. Das Bier und der Whisky quollen warm bis unter die Schädeldecke. Seine Augenlider wurden immer schwerer.

Er trat ans Fenster und sah auf den Quai hinunter. Der Himmel hatte sich ein wenig aufgehellt, aber es regnete noch immer. Die kahlen Bäume troffen von Nässe. Drei Uhr vorbei. Wenn er der Zeitung noch eine vernünftige Story durchgeben wollte, wurde es allmählich Zeit, daß er an seine Schreibmaschine kam. Aber dieser Inspecteur Janin würde seine kriminalistischen Fähigkeiten mit Sicherheit noch eine Weile an ihm ausprobieren wollen. Grewe fluchte laut.

Das Viertel auf dem anderen Ufer des Seine-Arms mußte St-Germain sein. Wieder schwamm ein Stück Erinnerung aus der Tiefe empor. Der Sommerabend, an dem er in einer der winkligen Straßen Beefsteak und Fritten gegessen hatte, für zwei Francs fünfzig. Er hatte, während er sich den Bauch vollschlug, verstohlen zwei langhaarige Mädchen beobachtet, die einige Tische weiter saßen.

Grewe merkte, daß er heftigen Hunger hatte. Richtig, das Mittagessen mit Delvos war ja ausgefallen. Während er abermals laut fluchte, kam der Inspektor zurück.

»Je m'excuse, asseyez-vous.« Er sah zu, wie Grewe sich wieder in dem hölzernen Armstuhl niederließ. Und dann kam die Aufforderung, die Grewe tief enttäuschte: »Erzählen Sie mir von dem Päckchen, bitte.«

»Von welchem Päckchen?« Er sträubte sich gegen die Erkenntnis, daß dieser Janin eigentlich gar nicht so einfältig war.

»Von dem Päckchen, das Herrn Dr. Delvos übergeben worden ist.«

»Ach, dieses Päckchen. Irgend jemand hat es ihm zusammen mit dem Schlüssel gegeben, und Dr. Delvos hat es mit auf sein Zimmer genommen.«

»Wer hat es ihm gegeben?«

»Irgend jemand von diesen Leuten an der Rezeption.«

»Sie könnten ihn nicht identifizieren?«

»Nein. Ich weiß auch nicht, ob das etwas nützen würde. Das Päckchen hat doch anscheinend schon vorher im Schlüsselfach gestanden. Der Mann an der Rezeption hat es zusammen mit dem Schlüssel gegriffen und Delvos gegeben. Oder war es das Mädchen?«

»Welches Mädchen? Heute mittag standen zwei junge Damen an der Rezeption.«

»Kann sein. Ich weiß es nicht.« Grewe erinnerte sich sehr genau. Die eine von den beiden hatte eine ziemlich üppige Brust, die Seidenbluse unter dem dunkelblauen Jäckchen hatte weißlich glänzende Falten gezogen. Keins der beiden Mädchen hatte Delvos den neuen Schlüssel und das Päckchen gegeben. Es war der junge, schlanke Mulatte gewesen.

»Also gut.« Janin seufzte. »Haben Sie bei Herrn Dr. Delvos irgendeine Reaktion auf dieses Päckchen bemerkt?«

»Nicht, daß ich wüßte.«

Janin sah ihn an. »Sie sind keine sehr große Hilfe, Herr Grewe.«

Grewe erwiderte den Blick. »Wundert Sie das? Ich komme hier an in Ihrer fabelhaften Hauptstadt, muß erleben, daß ein Freund von mir in einen Haufen . . ., daß er ganz einfach umgebracht wird, dann schlagen zwei Gorillas fast meine Zimmertür ein, brechen mir um ein Haar den Arm und schleppen mich zur Sûreté ab. Was glauben Sie, wie groß meine Bereitschaft ist, Ihnen behilflich zu sein?«

Janin lächelte ganz unerwartet. »Die Sûreté gibt es nicht mehr, Herr Grewe. Die gibt es nur noch in schlechten Kriminalromanen. Sie sind hier bei der Police Judiciaire, das ist ganz schlicht die Kriminalpolizei.«

Grewe wurde hellwach. »Was soll das heißen? Sie

glauben also nicht an einen Terroranschlag? Sie suchen einen gewöhnlichen Mörder?«

»Oh, nein. Sie werden zwar hier bei uns vernommen, Sie und ein paar andere Personen, von denen wir hoffen, daß sie uns Aufschlüsse geben können. Aber wir vernehmen Sie im Auftrag der D.S.T. Das ist die Direction de la Surveillance du Territoire, und die hat sehr wohl etwas mit dem Terrorismus zu tun.«

»Sehr interessant.« Grewe rieb seinen Arm.

»Und was Ihre Vorführung angeht, so muß ich Sie um Ihr Verständnis bitten. Man hat Sie im Zimmer von Herrn Dr. Delvos beobachtet. Sie waren der erste dort nach der Explosion. Und der Herr, der Ihnen folgte, war ein deutscher Sicherheitsbeamter, ein Kollege von mir, der Ihre Delegation begleitet. Er hat Sie vermißt, nachdem alle diese Leute in das Zimmer eingedrungen waren. Man hat nach Ihnen gesucht. Zwei Personen haben Sie beobachtet, als Sie in Ihr Zimmer zurückgingen. Es ist ja doch ein wenig merkwürdig, daß ein so wichtiger Zeuge so schnell vom Tatort verschwindet, nicht wahr? Ich muß Sie also um Verständnis bitten, wenn man Sie ein wenig hart angefaßt haben sollte.«

»Schon gut, vergessen Sie's.«

»Ich danke Ihnen für Ihr Verständnis.« Janin richtete die Spitze seines Bleistifts wieder auf sein Blatt, sah dann wieder auf. »Haben Sie lesen können, was auf dem Päckchen stand?«

Grewe überlegte einen Augenblick sehr konzentriert. Es hatte keinen Sinn, diesen Knaben allzusehr gegen sich aufzubringen. Wenn er allzu viele Auskünfte verweigerte, konnte er sich höchstwahrscheinlich auf eine Nacht in dieser Bude einrichten.

»Die Zimmernummer.«

»Was war das für eine Nummer, wissen Sie sie noch?«

»Vierhundertzweiundachtzig.«

»Und was stand sonst noch auf dem Päckchen?«

»Nichts.«

»Nichts? Wollen Sie sagen, daß der Name von Herrn Dr. Delvos nicht darauf stand?«

»Ja. Es stand nur die Zimmernummer darauf. Ziemlich groß.«

Janin schien einen Augenblick lang im Begriff, wieder aufzustehen. Dann sah er Grewe scharf an.

»Fanden Sie das nicht merkwürdig? Und fand Herr Dr. Delvos das nicht merkwürdig?«

»Ich fand es ein bißchen merkwürdig, das ist wahr. Aber Herr Delvos war wahrscheinlich gar nicht imstande, irgend etwas als merkwürdig zu empfinden. Er war zu wütend über diesen Zimmertausch.« Grewe sah Janin gespannt an.

Janin blieb unbewegt. »Was wissen Sie über den Zimmertausch?«

»Auf der Liste der Botschaft war für Herrn Delvos ein anderes Zimmer vorgesehen. Er hatte den Schlüssel schon, und dann kam der Chef der Rezeption, oder wer das war, und nahm ihm den Schlüssel wieder ab. Delvos war sehr aufgeregt. Er dachte, man hätte ihn auf ein schlechteres Zimmer abgeschoben. Er war sehr empfindlich in solchen Sachen.«

»Mehr wissen Sie nicht?«

»Über den Zimmertausch? Nein.«

»Sie sind nicht mit Herrn Dr. Delvos noch auf dieses Zimmer gegangen?«

»Nein. Warum sollte ich?«

»Nun, vielleicht um nachzusehen, ob es tatsächlich ein schlechtes Zimmer war. Und um ihn zu beruhigen?«

Grewe merkte, daß Janin ihn scharf beobachtete. Mein Gott, jetzt überlegte dieser Idiot vielleicht auch noch, ob er selbst seinem Freund das Ei ins Nest gelegt haben könnte.

»Nein. Wenn Sie sich mal die Mühe machen wollten, sich den Grundriß dieses Hotels anzusehen, dann werden Sie feststellen, daß mein Zimmer gleich am Aufzug liegt, während man zu dem seinen noch ein Stück gehen muß.«

»Das wäre kein Grund gewesen, ihn nicht zu begleiten. Wenn Sie ihn beruhigen wollten.«

»Richtig. Aber ich wollte ihn gar nicht beruhigen. Jedenfalls zu diesem Zeitpunkt nicht mehr. Er ist mir auf die Nerven gegangen mit seiner Aufregung.«

Janin suchte mit der Bleistiftspitze seine Notizen ab. »Sie haben vorhin Herrn Dr. Delvos einen Freund genannt. Jedenfalls habe ich Sie so verstanden, daß dieser . . . dieses Ereignis Sie schwer getroffen hat.«

»Richtig.«

»Sie waren also mit Herrn Dr. Delvos sehr befreundet?«

»Mein Gott, ja, was heißt sehr befreundet? Ich weiß nicht, ob man das so nennen kann. Ich mochte ihn. Er war ein netter Kerl. Der Mann hat schwer was abbekommen. Vor drei Jahren ist seine Frau gestorben, an Krebs. Sie war Anfang Dreißig. Er wollte nicht von Bonn weg, er war erst ein Jahr vorher Korrespondent geworden, glaube ich. Er ist sehr ehrgeizig. Er war sehr ehrgeizig, meine ich. Also hat er sich von den beiden Kindern getrennt. Seine Schwester hat sie zu sich genommen, sie ist verheiratet, lebt in Saarbrücken. Er hat sich oft ziemlich einsam gefühlt seither. Und ich habe mich um ihn gekümmert. Es ist mir nicht schwergefallen, er war ein netter Kerl, insgesamt.«

Janin nickte. »Ich verstehe. Sie kannten ihn also recht gut. Hatte er Feinde, persönliche Feinde, meine ich?«

»Delvos?« Grewe überlegte wieder in höchster Anspannung.

Dieses Mal hatte Janin genau den Punkt berührt, um den seine Gedanken seit heute mittag kreisten und den er diesem Polizisten nicht ausliefern wollte. Er rückte sich in dem Armstuhl zurecht. »Das glaube ich nicht. Ich halte es für ausgeschlossen.«

»Wieso ausgeschlossen? Sie haben gesagt, daß Herr Dr. Delvos ehrgeizig war. Ist es nicht ganz normal, daß ein ehrgeiziger Mensch Feinde hat?«

»Wenn Sie das so sehen, vielleicht. Aber er war nicht ehrgeizig auf diese Art. Ich meine, er war nicht der Typ, der über Leichen geht. Er war eher so ein strebsamer Typ, ungeheuer fleißig. Solche Leute haben vielleicht wenig Freunde. Aber Feinde?«

Es klopfte. Aus dem Nebenzimmer steckte ein dicker Kerl mit schwarzem Schnauzbart den Kopf durch die Tür: »Janin . . .«

Janin runzelte die Stirn. »C'est toi enfin? Qu'est-ce que tu as trouvé?«

Der Dicke winkte stumm mit dem Daumen über die Schulter. Janin stand auf. Die Tür schloß sich hinter den beiden.

Grewe zündete sich eine Zigarette an. Er starrte geistesabwesend auf die Blätter, die Janin unter der Schreibtischlampe mit dem grünen Schirm hatte liegenlassen. Er mußte dieses Problem jetzt lösen. Er mußte wissen, was er wollte, bevor dieser gar nicht so unfähige Sherlock Holmes ihn in Verwicklungen hineinzog, die er nicht überblickte. Grewe gab sich daran, in seiner Erinnerung jedes Wort der Unterhaltung aufzuspüren, die er auf dem Flug von Bonn nach Paris mit Delvos geführt hatte.

3

Der Flugkapitän der Regierungsmaschine war vor dem Start aus dem Cockpit nach hinten gekommen und hatte die Truppe inspiziert. Er hatte Grewe fast wie einen alten Kriegskameraden begrüßt. »Mensch, Grewe, das find' ich aber prima, daß Sie mal wieder mit mir fliegen! Wann war's das letzte Mal, das ist doch jetzt schon verdammt lange her? Tokio? Oder waren Sie mit dem Kanzler in Washington?«

Es war ein Major, ein untersetzter, schwarzhaariger, sympathischer Kerl. Grewe strengte sich an, aber er kam nicht mehr auf den Namen. Er versuchte, unauffällig das schwarze Namensschild an der Uniformbluse abzulesen. Sie hatten auf irgendeiner Auslandsreise einmal einen Kräftigen miteinander genommen. Grewe sagte, er habe auch nicht mit diesem Wiedersehen gerechnet. Wieso der Minister eigentlich den großen Vogel und die Riesen-Crew nehme – für diesen Katzensprung nach Paris?

»Ach, wissen Sie, in den Jet-Star hätten nicht alle reingepaßt. Und ob wir nun zwei Jet-Stars nehmen oder die Siebennullsieben, das macht dann schon keinen Unterschied mehr. Außerdem kommen wir«, ein Augenzwinkern, »ja auch mal gerne nach Paris, was?«, und

Grewe hatte einen Prankenhieb auf die Schulter empfangen. »Grewe, wir sehen uns noch?«

»Aber klar.«

Grewe hatte sich mit Delvos einen Platz in der Mitte gesucht, die Sitzreihe am Notausstieg, in der man die Beine langstrecken kann. Sie saßen dort ganz allein. Kleinschmidt, Körner und Felten waren nach hinten gegangen, in die unmittelbare Nähe der Stewards und der Getränke. Grewe beobachtete Delvos, während die Boeing grollend abhob und der Steigflug sie sanft in die Rückenlehnen drückte. Delvos sah aus dem Fenster, er schien selbstvergessen zu lächeln.

Er war anscheinend völlig geistesabwesend, als der Steward ihnen das erste Getränk brachte. Er sah wieder aus dem Fenster, obwohl es da nur weiße Suppe zu sehen gab, wandte sich erst wieder zurück, als Grewe sein Feuerzeug anrieb. Grewe blies den ersten Zug von sich und sah Delvos an. »Na, du scheinst dich ja mächtig auf Paris zu freuen.«

»Warum?«

»Du lächelst wie ein Honigkuchenpferd. Gibt's da vielleicht irgendein Mädchen?«

»Nein.« Delvos lachte. »Überhaupt nicht. Ganz im Gegenteil, könnte man sagen.«

»Ist mir zu hoch. Versteh' ich nicht.«

Delvos zögerte einen langen Augenblick, dann brach es aus ihm heraus. »Ich werde wieder heiraten.«

Grewe setzte sich aufrecht. »Das ist doch nicht wahr! Menschenskind, Junge, das ist aber mal eine gute Nachricht! Und wieso weiß ich bisher nichts davon? Das wird doch wohl nicht eine Liebe auf den ersten Blick sein, alter Knabe?«

»Nein, nein, das ist es nicht. Ich hab' mir die Sache

schon gründlich überlegt. Das geht schon eine ganze Weile. Nur konnte ich aus bestimmten Gründen nicht darüber reden. Ich kann es eigentlich auch jetzt noch nicht, ich kann dir jedenfalls den Namen nicht sagen und keine Einzelheiten.«

»Was ist so kompliziert daran? Willst du sie entführen?«

Delvos lachte, wurde dann wieder ernst. »Sie ist verheiratet.«

Grewe streckte seine Füße aus. »Na ja, das soll schon mal vorkommen. So neu ist das ja nun auch wieder nicht. Hast du Angst, daß ich den Ehemann verständige? Weiß der noch nichts von seinem Glück?«

»Das ist es ja eben. Er ahnt nichts, und sie sagt, er wird uns beide umbringen, wenn er es erfährt.«

»Meine Güte, das klingt aber dramatisch. Was ist das denn für ein Knabe? Kennst du ihn?«

»Ja, natürlich. Ein gutbetuchter Mann. Er ist siebenundfünfzig. Sie ist eben dreißig geworden. Vor sieben Jahren haben die beiden geheiratet, aber das hat nur in der ersten Zeit funktioniert. Weißt du, sie sieht sehr gut aus. Ich glaube, daß er sie nur zur Abrundung seines Reichtums brauchte, als das kostbarste Stück in seiner Sammlung. Oder vielleicht zur Selbstbestätigung. Er war fünfzig, als er sie heiratete. Er wollte sich und seiner Umgebung beweisen, daß er noch nicht fertig ist. Er war vorher nicht verheiratet, muß ein ziemlich flottes Leben geführt haben, kein Wunder bei dem Geld. Das könnte er auch heute noch, vielleicht tut er's auch nebenher, ich weiß es nicht. Aber ich bin ziemlich sicher, daß er damals schon gespürt hat, damals, als er sie heiratete, daß es allmählich zu Ende geht. Und deshalb hat er sie eingefangen und in seine Vitrine gestellt. Damit er und die Leute, mit denen er umgeht, sie ansehen können und wissen: Das ist sein Eigentum. Ich bin ziemlich sicher, daß er sie nie geliebt hat.«

»Hör mal, das klingt aber verdammt nach einem schlechten Roman. Bist du sicher, daß du dir da nicht selbst was vorspinnst?«

»Hab' ich mich auch gefragt, sehr oft. Und ich habe sehr gründlich darüber nachgedacht. Nein, Peter, wirklich, ich bin ganz sicher. Du mußt auch den Rest der Geschichte wissen, dann verstehst du es besser.«

»Schieß los.«

Delvos nahm sorgfältig einen Schluck von dem Tomatensaft, den er sich hatte bringen lassen. »Sie ist sehr temperamentvoll, sehr vital. Sehr kontaktfreudig. Sie braucht Menschen um sich herum, will sich unterhalten, sich austauschen, lachen. Aber er hat sie in sein prächtiges Haus gesetzt und erwartet, daß sie da bleibt, für ihn, daß sie sich bereithält. Er hat ihr was geboten, natürlich. Das, was ein Mann seines Schlages einer Frau bietet. Empfänge, Theaterbesuche, er hat sie zu jedem Auftrieb geschleppt, auf dem er sie der staunenden Umwelt präsentieren konnte. Die Segeljacht in Holland, der Jachtklub in Loosdrecht. An Gelegenheiten, ihr in diesem Sinne was zu bieten, mangelt es ihm nicht.«

»Na, hör mal, so ein Leben wird ihr aber doch auch nicht schlecht gefallen. Bist du sicher, daß sie sich nur deshalb nicht von ihm scheiden lassen will, weil sie Angst hat, er würde euch beide umbringen?«

»Absolut sicher.« Delvos lächelte. »Weißt du, Peter, es klingt für dich vielleicht lächerlich, unsereins kann ja so etwas schon nicht mehr aussprechen, ohne gleichzeitig oder möglichst schnell hinterher einen Witz darüber zu reißen. Aber ich bin sicher, daß sie mich liebt, in der vollen Bedeutung dieses Wortes. Und das bedeutet dann halt auch, daß ich ihr alles bedeute und daß alles andere ihr nichts bedeutet, verstehst du?«

»Ja, ja, schon gut, ich bin ja nicht dämlich. Du bist also ihr ein und alles.« Grewe schlug die Asche von seiner Zigarette ab. »Aber Angst hat sie trotzdem. So viel Angst, daß sie ihr ein und alles nicht heiraten will?«

»Nein, Moment mal, das hast du jetzt mißverstanden: Sie will mich heiraten, sie möchte es unter allen Umständen, aber sie fürchtet sich vor dem entscheidenden Schritt. Sie traut ihm alles zu, und das bedeutet ja nicht nur, daß sie Angst um ihr eigenes Leben hat. Sie hat Angst vor allem um mich, verstehst du?«

»Mhm.«

»Nicht, daß du meinst, ich halte diese Angst für begründet, so ist es nicht. Ich verstehe sie nur. Aber ich halte sie für unbegründet, weil ich sicher bin, daß auch mit dieser Art von Mann ein vernünftiges Gespräch möglich sein muß.«

»Da bin ich überhaupt nicht sicher.«

»Doch, sieh mal: Was will er denn noch mit ihr, wenn sie mich liebt, mich allein? Was nutzt ihm denn das Schaustück in seiner Vitrine, wenn es in Wahrheit die Vitrine schon längst verlassen hat?«

»Ich möchte dich mal sehen, wenn sie eines Tages ankommt und sagt: Mit der großen Liebe, das war leider ein Irrtum, ich habe einen Neuen.«

Delvos lächelte, senkte das Gesicht, klopfte ein nicht sichtbares Stäubchen von seinem Hosenbein. »Das wird sie nicht tun. Und ich will dir sagen, Peter: Wenn sie es täte – ich würde sie sofort freigeben, so schwer mir das auch fiele.«

»Du bist halt ein edler Mensch.« Grewe griff einen der

Stewards, der durch den Gang kam, an der Uniformjacke. »Könnten Sie mir noch ein Bier bringen? Oder am besten gleich zwei, heut schmeckt mir's bei Ihnen besonders gut.«

Der Steward lachte. »Aber natürlich. Möchten Sie auch noch was?«

Delvos verneinte.

Grewe zündete sich eine neue Zigarette an. »Also gut, ich verstehe dein Problem so: Du liebst diese Frau, sie liebt dich. Du willst sie heiraten, das möchte sie auch, aber sie will sich nicht scheiden lassen, weil sie fürchtet, daß ihr Mann euch beide umbringt, wenn er die Wahrheit erfährt.«

»Richtig. Aber die Sache ist noch komplizierter, mußt du wissen. Es gibt da auch noch ein anderes Motiv, ein Motiv, das ich ihr sehr hoch anrechne und das dich vielleicht diese Frau ein bißchen besser verstehen läßt.«

»Und das wäre?«

»Er hat einen Herzinfarkt gehabt, vor zwei Jahren. Er hat ihn ganz gut überstanden, aber mittlerweile ist er ein bißchen anfällig, er muß auch dauernd Medikamente nehmen. Sie macht sich den Vorwurf, daß sie daran schuld gewesen sei. Sie hat nämlich ihren Beruf wieder aufgenommen, ein knappes Jahr bevor er diesen Infarkt bekam. Sie hatte als Sekretärin gearbeitet, in einer Landesvertretung, damals, als er sie kennenlernte, und sie hatte den Job aufgegeben, als sie heirateten, sicher auch, weil sie dachte, sie hat das jetzt nicht mehr nötig, vor allem aber, weil er darauf bestand. Aber nach drei Jahren war sie das Vitrinendasein satt, sie konnte es nicht mehr ertragen, sie fragte ihren früheren Chef, der um diese Zeit in ein Ministerium übergewechselt war, ob er ihr nicht wieder einen Job besorgen könne, und der tat das, sobald er konnte, sie ist halt auch eine perfekte Sekretärin. Dann bekam ihr Mann diesen Herzinfarkt, und sie meint, das sei ihre Schuld. Er hat sich furchtbar aufgeregt, als sie ihm erklärte, sie wolle wieder in den Beruf zurück, und er hat lange Zeit versucht, sie davon abzuhalten, mit ziemlich infamen Pressionen, verstehst du. Aber sie hat sich durchgesetzt. Und deshalb wirft sie sich jetzt vor, seinen Herzinfarkt verschuldet zu haben. Und sie fürchtet, daß es ihm den Rest geben könnte, wenn er erfährt, daß sie sich scheiden lassen will. Sie ist sehr warmherzig, mußt du wissen.«

»Meine Güte.« Grewe sah dem Rauch seiner Zigarette nach, der sich bis unter das Kabinendach kräuselte und dann von der Entlüftung weggerissen wurde. »Das ist also sozusagen die freie Wahl zwischen der Cholera und der Pest: Entweder fällt er sofort tot um, oder er lebt noch lange genug, um euch beide totzuschlagen.«

»Ungefähr so. So sieht sie es jedenfalls, verstehst du. Ich bin da ganz anderer Meinung. Ich meine, daß man auch mit einem solchen Mann vernünftig reden, daß man es ihm schonend beibringen und ihn schließlich auch überzeugen kann. Ich meine, daß man eine solche Situation nicht ins Endlose hinein bestehen lassen darf. Das Leben dauert ja nicht ewig. Ich will mit ihr glücklich sein und sie mit mir, wir wollen uns die Zeit nicht mehr stehlen, sondern wir wollen zusammenleben. Und deshalb werde ich es ihm jetzt sagen, sobald wir aus Paris zurück sind, und ich bin sicher, ich werde ihn überzeugen.«

»Weiß sie, daß du das tun willst?«

»Ja, ich habe es ihr gesagt. Vergangene Nacht.«

»Vergangene Nacht?« Grewe sah zur Seite und grinste.

»Du kleiner Tunichtgut. Dafür wirkst du aber ziemlich frisch, alle Achtung.«

Delvos lächelte, ein wenig mühsam. »Peter, sei mir nicht böse, aber ich kann solche Witze in diesem Zusammenhang nicht gut ertragen. Mißversteh mich nicht: Ich laufe jetzt nicht wieder wie ein Primaner herum, der seiner Angebeteten zum ersten Mal das Händchen halten durfte. Ganz im Gegenteil. Das ist eine Liebe . . . eine Liebe . . .«

Grewe klopfte ihm sanft auf die Schulter. »Nun komm mal zu dir, Junge. Ich freu' mich ja für dich. Also sag jetzt, was das für eine Liebe ist, oder behalt's für dich. Aber komm zu dir.«

»Mein Gott, Peter, ich war noch nie so sehr bei mir, wirklich. Ich muß es dir sagen, ich stecke voll davon bis oben hin, ich muß es endlich einmal loswerden. Siehst du, ich habe meine Frau geliebt, du weißt das. Und ich habe gedacht, es bringt mich um, als sie starb. Ich habe sie wirklich geliebt. Ich habe sie übrigens nie betrogen. Nur war sie ein ganz anderer Typ, liebevoll, aber ein wenig scheu. Sie hat sich nie gehenlassen. Auch in bestimmten Situationen nicht, du verstehst. Sie hat immer eine Art von Reserve bewahrt, und vielleicht habe ich gerade das an ihr geliebt. Aber . . . weißt du, ich habe jetzt eine Frau kennengelernt, die in solchen Situationen nicht eine Spur von Reserve bewahrt. Ich habe so etwas nicht für möglich gehalten. Jetzt habe ich es erfahren, es gibt das wirklich. Es ist unheimlich und zugleich hinreißend. Du hast das Gefühl, du begegnest der Natur selbst, befreit von allen Konventionen und Fesseln. Du glaubst, du wirst auf einmal in den Mittelpunkt, in das glühende Zentrum des Lebens hineingerissen. Du glaubst es nicht nur, du weißt es, du spürst es in jeder

Faser. Ich habe nie eine Frau gekannt, die in solchen Situationen wie von Sinnen ist und die dich selbst wie von Sinnen macht. Ich habe nie eine Frau gekannt, die so maßlos in ihren Ansprüchen ist, so ungehemmt vital und zugleich so unerschöpflich in dem, was sie dir gibt. So beängstigend auch. So rätselhaft. Ich habe . . .«

Delvos brach unvermittelt ab. Grewe saß wie gelähmt auf seinem Sitz, blickte geradeaus. Seine Zigarette war ihm fast bis auf die Finger heruntergebrannt, er brachte es nicht fertig, sie auszudrücken, obwohl die Schriftzeichen *No smoking* schon lange leuchteten. Delvos wandte sich ihm zu.

»Kennst du Baudelaire?«

»Nein. Das heißt, ich weiß, wer er ist, aber nicht viel mehr. *Die Blumen des Bösen,* nicht wahr?«

»*Les Fleurs du Mal,* ja. Es gibt darin ein Stück, *Le Balcon.* Es gibt darin eine Zeile. Es gibt viele Zeilen in den *Fleurs du Mal,* schreckliche Zeilen, und zugleich faszinierende. Die Zeile, die ich meine, habe ich erst jetzt verstanden: Ces serments, ces parfums, ces baisers infinis . . .«

»Und was bedeutet das?«

»Ihr Schwüre, Düfte, o ihr Küsse ohne Neigen . . .«

Die Boeing senkte sich rüttelnd und rauschend auf die Landebahn hinab. Sie berührte die Piste, bockte nur sanft, lief dann auf festen Beinen geradeaus. Die Triebwerke heulten im Gegenschub auf, Grewe spürte den Widerstand des Haltegurts auf seinen Schenkeln. Er drückte seine Zigarette aus. Delvos sah stumm aus dem Fenster.

4

Es war halb fünf, als der Inspektor Janin Grewe laufenließ. Er tat es höflich, aber offensichtlich unwillig. Die Botschaft war massiv geworden, sie hatte, als sie am Quai des Orfèvres keine Auskünfte über Grewes Verbleib erhielt, beim Innenministerium interveniert. Der Presseattaché und ein Botschaftsrat erschienen persönlich in Janins Büro, um Grewe abzuholen. Sie brachten ihn in einem der Delegationswagen zurück zum Hotel.

Der Himmel war mittlerweile fast schwarz. Die Straßen glühten wie Schluchten, in denen bei Nacht ein Feuer brennt. In der Nässe, die den Asphalt bedeckte, spiegelten sich Tausende von bunten Lichtern. Grewe, auf dem sehr weichen Rücksitz in eine Ecke gelehnt, befragte den Presseattaché konzentriert nach den letzten Informationen über den Fall. Es war nicht viel, die französische Polizei hielt offenbar auch gegenüber den Botschaftsleuten eisern dicht.

Ein Punkt allerdings überraschte Grewe, er paßte nicht zu seinen bohrenden Überlegungen, er irritierte ihn: Der Zimmertausch war aufgeklärt, und es sah so aus, als liege hier der Schlüssel der Geschichte. In Zimmer 482, in dem Delvos zu Tode gekommen war, hatte bis zu diesem Morgen der Ministerialdirigent Dr. Hans-Martin Nesselrath gewohnt, einer der Mitarbeiter des Ministers. Der Name sagte Grewe auf Anhieb nicht viel, aber er erinnerte sich, als der Presseattaché ihm nachhalf: Nesselrath war in Bonn eine der Schlüsselfiguren der sogenannten »TE«, der Terrorismusbekämpfung.

Der Ministeraldirigent hatte zu der Vorausabteilung der Delegation gehört, die in Paris schon seit einigen

Tagen mit den anderen Delegationen das Abkommen und das Kommuniqué der Konferenz aushandelte. Die Minister sollten, wie üblich, fertige Texte vorfinden und nicht das Risiko eingehen, erst kurz vor der fest eingeplanten Unterzeichnung wesentliche Meinungsverschiedenheiten feststellen zu müssen.

Nesselrath, ein anscheinend etwas schwieriger Mensch, war von Anfang an mit dem Zimmer auf der Straßenseite nicht zufrieden gewesen. Und nachdem in der vergangenen Nacht die Polizei unter seinen Fenstern mit viel Aufwand und Lärm, mit Blaulicht und Suchscheinwerfern einige verdächtig scheinende Personen dingfest gemacht hatte, war der Ministerialdirigent noch im Morgengrauen bei der Direktion angerückt und hatte einen Riesenskandal angedroht, wenn man ihn nicht menschenwürdig unterbringe. Da das Hotel ausgebucht war, hatte man zum Mittel des Zimmertauschs gegriffen. Nesselrath erhielt das ruhiger gelegene Zimmer, das für Delvos reserviert gewesen war, der Journalist, dem die Direktion offenbar bessere Nerven zutraute, das Zimmer 482.

Grewe mußte sich eingestehen, daß der Fall damit eine sehr plausible Erklärung fand: Terroristen, irgendwelche wahnsinnigen Verbrecher, hatten der Ministerkonferenz ihre Signatur ins Stammbuch schreiben wollen. Wie sie auf Nesselrath verfallen waren und woher sie seine Zimmernummer wußten, mochte eine schwer zu beantwortende Frage bleiben, aber das warf die Erklärung insgesamt nicht um. Terroristen hatten das Päckchen mit der Bombe für Zimmer 482, für Nesselrath, abgegeben. Delvos war das Opfer einer Verwechslung geworden, die niemand hatte voraussehen können.

Grewe fand keinen vernünftigen Grund, warum diese

Erklärung nicht stimmen sollte. Aber er wurde seine Zweifel auch jetzt noch nicht los. Er forschte angestrengt in seiner Erinnerung nach irgendeinem abgesunkenen Detail, das diese Zweifel hätte erhärten können. Aber er fand nichts Neues. Als der Wagen vor dem Hotel anhielt, wandte Grewe, er war schon halb ausgestiegen, sich noch einmal zu dem Presseattaché um: »Hat irgendeine Terrororganisation sich zu dieser Sache bekannt?«

»Nein. Bisher jedenfalls noch nicht. Aber das kommt vielleicht noch. Vielleicht finden wir's in irgendeiner Morgenzeitung.«

Grewe ging sofort auf sein Zimmer. Der Korridor roch noch immer wie versengt, die scharfen unsichtbaren Spuren der Explosion hatten sich noch nicht verzogen. An seinem Zimmertelefon brannte das rote Signallicht, er erkundigte sich bei der Zentrale, obwohl das eigentlich überflüssig war. Seine Redaktion hatte jede halbe Stunde angerufen, ein paarmal auch seine Frau. Er rief die Redaktion an, verabredete das, was er um diese Zeit noch für die Ausgabe von morgen schreiben konnte, bat, seine Frau anzurufen und ihr zu sagen, daß er völlig in Ordnung sei.

Dann setzte er sich an die Schreibmaschine. Um sieben hatte er eine Nachricht von zwei Blatt für die Titelseite und eine Reportage von viereinhalb für die Seite drei durchgegeben, mit seiner Frau gesprochen und die Flasche Whisky bis zur Hälfte geleert. Er hatte keine Zigaretten mehr. Er blieb zwei oder drei Minuten regungslos an dem kleinen Schreibtisch mit den geschwungenen Beinen sitzen. Er fragte sich, ob er saubere Arbeit geleistet habe. Er hatte seine ganze Geschichte, die Reportage wie die Nachricht, auf die

Verwechslung mit Nesselrath abgestellt. Er hatte seine Zweifel nicht mit einem Wort angedeutet.

Was hätte er schreiben sollen?

»Es gibt Grund zu der Annahme, daß es sich entgegen allen bisher bekannten Indizien nicht um einen Terroranschlag gehandelt hat. Claus Delvos hatte in Bonn eine Geliebte. Der Ehemann dieser Frau steht in dem Ruf, eifersüchtig und gewalttätig zu sein. Delvos war im Glauben, der Ehemann wisse nichts von dem Verhältnis. Delvos wollte ihn unmittelbar nach seiner Rückkehr nach Bonn darüber aufklären und ihn bitten, die Frau freizugeben. Aber wenn der Ehemann nun doch etwas von dem Verhältnis gewußt haben sollte, und wenn er vielleicht sogar gewußt haben sollte, daß seine Frau in der Versuchung stand, sich von ihm zu trennen, um Delvos heiraten zu können? Was spräche dann gegen den Verdacht, daß nicht irgendwelche hergelaufenen Terroristen Delvos auf dem Gewissen haben, per Zufall nur, sondern daß Delvos einem ausgeklügelten Anschlag des Ehemanns zum Opfer gefallen ist?«

Grewe fluchte laut. Er stieß den Stuhl mit den geschwungenen Beinen zurück und ging ins Badezimmer. Er duschte, rasierte sich, wechselte Wäsche, Hemd und Anzug. Danach fühlte er sich fast wieder frisch. Sein Kopf war klar, wenn auch von einer gläsernen, brüchigen Klarheit. Er hatte anderthalb Stunden bis zu dem Informationsgespräch um neun, zu dem der Minister persönlich im Pressezimmer erscheinen wollte. Er fuhr hinunter in die Halle, kaufte zwei Päckchen Zigaretten und setzte sich in einen Sessel, von dem aus er die Rezeption im Auge behalten konnte.

Zwei oder drei Minuten später sah er den jungen Mulatten. Er stand in der offenen Tür zur Telefonzentrale, sprach mit jemandem, der nicht sichtbar war. Dann kam er heraus, stützte beide Hände auf den Tresen, drehte sich um, warf einen Blick über die Schlüsselfächer. Er war im Begriff, zu dem jungen Mädchen hinüberzugehen, das an der Kasse über Papiere gebeugt saß, als Grewe an den Tresen trat.

Grewe schob unter der flachen Hand einen Zwanzig-Francs-Schein über den Tresen. »Excusez-moi, Monsieur, sprechen Sie Deutsch?«

Der junge Mann sah auf Grewes Hand, sah ihn dann an, lächelte: »Ein bisch-schen. Was wünschen Sie, Monsieur?«

Grewe hob die Hand von dem Schein ab, nickte flüchtig: »Bitte schön, das ist für Sie.«

Der junge Mann nahm mit einer schlanken, braunen Hand den Schein, faltete ihn im Wegnehmen zwischen Daumen und zwei Fingern zusammen und steckte ihn in die Seitentasche seiner dunkelblauen Livree. »Merci, Monsieur, merci beaucoup.«

Grewe warf einen Seitenblick in die Halle. »Ich bin Journalist . . .«

»Ich weiß, ich kenne Sie. Journaliste aus Bonn, n'est-ce pas?« Er lächelte, die Zähne blitzten.

Grewe nickte. »Ich interessiere mich für alle Details dieses Bombenanschlags heute mittag. Sie verstehen, ich will darüber schreiben, eine große Geschichte für meine Zeitung.«

»Ah, oui, ich verstehe. Mais c'est un peu difficile, bisch-schen gefährlich, verstehen Sie?« Er hob eine Hand, kratzte sich mit spitzen Fingern nachdrücklich in dem dichten krausen Haar, das seinen Kopf wie eine aufgeplusterte Haube umgab. Er ließ betont die Augen durch die Halle wandern, von links nach rechts und wieder zurück, das Weiße seiner Augäpfel trat hervor. »La police judiciaire, verstehen Sie, wie sagt man . . .«

»Die Kriminalpolizei.«

»Ah, oui, die Kriminalpolizei. La police, sie sind hier, Sie verstehen, là«, ein schwaches Heben des Kopfes, »et là«, noch einmal die Andeutung der Richtung. »Sie haben gesagt, man darf kein Mensch eine Auskunft geben. Auskunft nur für die Polizei.«

Grewe drehte sich nicht um, obwohl er plötzlich das Gefühl hatte, daß sich Blicke in seinen Rücken bohrten. »Geben Sie mir ein Telegrammformular, bitte«, und er beschrieb mit den Fingern in der Luft die Umrisse.

»Un télégramme? Ah, oui, Monsieur.« Er griff unter den Tresen, brachte ein Telegrammformular hervor, hielt es Grewe fragend entgegen.

Grewe nahm das Formular und zog seinen Kugelschreiber heraus. Er begann die Adresse seiner Frau zu schreiben. Über den Tresen gebeugt, sagte er zu dem jungen Mann: »Ich fülle jetzt dieses Formular aus, und Sie erzählen mir in der Zeit, was Sie wissen, okay?«

Der junge Mann lachte, er rieb sich die braunen Hände. »Okay, ça c'est très prudent. Mais«, wieder fuhr er sich mit der Rechten in das krause Haar, »ich weiß nicht viel.«

Grewe malte sorgfältig Druckbuchstaben auf das Formular. »Schießen Sie los, sagen Sie, was Sie wissen.«

Der junge Mann sah über Grewes Schultern in die Halle.

»Sie kennen Monsieur Nesselrath?«

»Ja. Er wollte ein anderes Zimmer, weil es ihm zu laut war?«

»Oui, oui. Elle a fait un grand bruit dans la rue, la

police, mitten in der Nacht, verstehen Sie, sehr laut, die Polizei. Viele Gäste haben sich beschwert.«

»Aber nur er hat ein anderes Zimmer bekommen?«

»Oui, nur Monsieur Nesselrath. Er ist . . .«

»Ein schwieriger Mensch?«

»Ja, sehr gut, ein schwieriger Mensch. Très arrogant. Très méchant. Sehr böse. Man hat ihm mehrere Zimmer angeboten.« Der junge Mann lächelte. »Auch Ihr Zimmer, Monsieur.«

»Wieso das?«

»Alle Zimmer von deutsche Journalisten. Waren ja noch nicht da.«

»Und er hat sich für das Zimmer von Herrn Delvos entschieden?«

»Oui. War das schönste.«

»Gut.« Grewe schrieb weiter. »Was wissen Sie von dem Päckchen? Le petit paquet?«

»Ah, oui. Ich weiß nicht viel. C'était un collègue, ein Kollege hat es angenommen.«

»Wer hat es abgegeben?«

»Une jeune femme, eine junge Dame.«

Grewe sah auf. »Sind Sie sicher?«

»Oui, oui, absolument.«

»Sie verwechseln das nicht? Ich meine: Wer hat das Päckchen hier abgegeben?« Grewe klopfte mit dem Mittelfinger auf den Tresen. »Es war nicht ein Mann, Mitte Fünzig etwa?«

Der junge Mann lachte.

»Ah, non, non. Ich habe sie ja selbst gesehen. Ich habe da gestanden«, er wies in die offene Tür der Telefonzentrale. »Sie war très jolie, Sie verstehen, sehr hübsch. Ich habe sie angesehen.«

»Wie sah sie aus?« Grewe beugte sich wieder über sein Telegramm.

Der junge Mann ließ über Grewes Rücken hinweg die Augen durch die Halle wandern. »Très jolie. Lange Haare.« Er fuhr sich mit einer flüchtigen Handbewegung über die Schulter.

»Farbe?«

»Braun? Wie sagt man?«

»Brünett vielleicht?«

»Brunette, oui. Et les yeux bleus, blaue Augen.«

»Wie groß war sie?«

»Ah, comme ça, peut-être.« Wieder eine Handbewegung über die Schulter hinweg.

»Wie alt?«

»Vingt-deux, vingt-trois, peut-être. Zwanzig und ein bisch-schen.«

»Hatte sie ein rundes Gesicht? Oder ein schmales?«

»Ah, non, non, non. Rund.« Der junge Mann lachte. »Rund, le visage, et tout le reste. War ganz rund, überall.«

»Was trug sie? Ich meine, wie war sie angezogen?«

»Pardon?«

»Trug sie ein Kleid, une robe? Oder Hosen, Jeans vielleicht?«

»Ah, oui, Jeans. Et une jaquette, eine Jacke. Jacke wie Jeans. Und ein Pullover.«

»Was hat sie gesagt?«

»C'est pour la chambre 482.«

»Sonst nichts?«

»Non. Pas un mot. Sie hat nichts gesagt. Seulement: Das ist für Zimmer vierhundertzweiundachtzig.«

»Wohin ist sie gegangen?«

»Elle est partie. Sie ist sofort auf die Straße gegangen. Ich weiß, ich habe ihr nachgesehen.«

»Wurde sie von jemandem erwartet?«

»Ich weiß nicht. Ich habe niemand gesehen.«

»Woher ist sie gekommen?«

»Pardon?«

»Ist sie von der Straße hereingekommen? Oder kam sie aus dem Hotel?«

»Je ne sais pas. Ich habe sie erst gesehen, als sie hier stand«, und er wies auf Grewe. Im gleichen Augenblick ein unterdrücktes »Soyez prudent!«

Ein Mann trat neben Grewe an den Tresen. »La quat' – cent-trente, s'il vous plaît.«

»La quat' – cent-trente, oui, Monsieur.« Der junge Mann drehte sich um zu den Schlüsselfächern. Grewe malte weiter Druckbuchstaben, seine Frau würde sich wundern, er hatte ihr noch nie ein Telegramm geschickt. »La quat' – cent-trente, voilà, Monsieur.« Der Mann nahm den Schlüssel, »merci«.

Der junge Mann sah ihm nach. Dann, unterdrückt: »Partez maintenant, Monsieur, c'est trop dangéreux. Das ist zu gefährlich. Wir müssen Schluß machen.«

»Gibt es irgendeinen Ihrer Kollegen, der mehr weiß?«

Der junge Mann lachte. »Non, Monsieur.« Er legte die flache Hand auf die Brust. »Ich weiß alles, was passiert. Mais c'est tout. Mehr weiß ich nicht.«

Grewe überlegte einen Augenblick, ob er »Dein Bär« oder »Peter« unter das Telegramm schreiben sollte, entschied sich für »Peter«, schrieb es, setzte »Dein« davor und gab dem jungen Mann das Telegramm. »Das setzen Sie bitte auf die Rechnung.«

»Oui, Monsieur, merci.«

Grewe griff in seine Jackentasche, zog einen anderen

Zwanziger von dem Geldscheinbündel ab und schob ihn dem jungen Mann über den Tresen. »Je vous remercie beaucoup.«

»Merci, monsieur, merci beaucoup.« Wieder dieser sanfte Griff, das Zusammenfalten zwischen Daumen und zwei Fingern, der Schein verschwand. Grewe nickte lächelnd und ging in die Halle hinein. Der Mann, der den Schlüssel für Zimmer 430 abgeholt hatte, stand am Eingang des Restaurants, eingerahmt von üppigen, mannshohen Topfpflanzen.

Grewe spürte, wie sein Hunger ihn jäh wieder überfiel. Er sah auf die Uhr. Viertel vor acht. Er hatte noch eine gute Stunde Zeit. Er überlegte, ob er noch an einer anderen Stelle ansetzen könne, schob diese Überlegung beiseite, ging zum Restaurant. Der Mann trat beiseite, mit leerem Blick.

5

Das Pressezimmer, das die Botschaft für den Besuch des Ministers gemietet hatte, lag im ersten Stock des Hotels, es bestand aus zwei ineinandergehenden, mittelgroßen Konferenzräumen. Man hatte die Faltwand zwischen den beiden Räumen zurückgeschoben. Die Vorhänge der schmalen, hohen Fenster waren geschlossen. Der schwere, sattgrüne Stoff glänzte im Licht der Kronleuchter.

In jedem der beiden Räume stand ein langer, breiter Tisch, mit dickem grünem Filz überzogen. In dem nach hinten gelegenen Raum sollte offenbar das Gespräch mit dem Minister stattfinden. Vor jedem der Polsterstühle rings um den Tisch lag ein Schreibblock, darauf je ein Kugelschreiber und ein Bleistift. Aschbecher in regelmäßigen Abständen und in der Mitte des Tisches mehrere sorgfältig arrangierte Ansammlungen von Gläsern, Flaschen mit Bier, Säften und Mineralwasser, dazu Flaschenöffner.

Im Gegensatz zu dieser geordneten und versammelten Ruhe herrschten in dem nach vorn gelegenen Raum chaotische Zustände. Die Botschaft hatte einen Fernschreiber und ein Gerät, auf dem Lochstreifen für den Fernschreiber gestanzt werden konnten, aufstellen lassen, dazu auf dem Konferenztisch ein halbes Dutzend Schreibmaschinen. Auf einem schmalen, langen Tisch an der Seitenwand waren drei Telefone installiert worden. Ein weiteres Telefon, an dem eine Sekretärin der Botschaft Wache hielt, stand auf einem Rauchtisch gleich neben dem Eingang.

Der Fernschreiber fraß ratternd einen Lochstreifen auf. Daneben an dem Stanzgerät saß ein Mann mit Pullover, wahrscheinlich ein Angestellter der Botschaft, und übertrug ein Manuskript auf einen anderen Lochstreifen. Zwei der Telefone waren besetzt. An dem einen gab ein älterer Kollege, den Grewe nicht kannte, in hohem, nervös wirkendem Tempo einen Bericht durch, den er von handschriftlichen Notizen ablas. Er korrigierte sich immer wieder, ohne das Tempo zu vermindern. An dem anderen Telefon saß Körner, in einem zärtlichen Gespräch, so schien es. Er ließ nur Wortbrocken, verhaltene halbe Sätze auf die Muschel hinabfallen, lächelnd, hielt das freie Ohr mit der Hand zu, den Kopf halb abgewandt.

Kleinschmidt, in Hemdsärmeln, die Krawatte lose

hängend, hackte mit zwei Fingern wie besessen auf einer der Schreibmaschinen herum. An einer anderen Schreibmaschine saß eine Kollegin, die Grewe von früheren Besuchen in Paris kannte, Korrespondentin einer Wochenzeitschrift, Anfang Vierzig vielleicht, oder doch schon ein bißchen älter als Grewe, eine große, vollfleischige Person, die ihm durch ihr exotisches Parfum und ihren erlesenen Schmuck in Erinnerung geblieben war. Sie hielt eine Zigarette zwischen den Fingern, sah mit leerem Blick über ihr Manuskript hinweg, schenkte Grewe, als sie ihn am Eingang stehen sah, ein verlorenes Lächeln.

Grewe ließ sich von dem Kellner in weißer Jacke, der neben dem Eingang hinter Eis und Flaschen bereitstand, einen Scotch Soda geben. Aus einer Gruppe von Kollegen – alle Pariser Korrespondenten, soweit Grewe sie kannte – löste sich ein großer Mann mit brennenden dunklen Augen und schwarzem, lichtem Haar. Er kam, als habe er es sehr eilig, auf Grewe zu.

»Herr Grewe, grüße Sie, ich habe schon die ganze Zeit auf Sie gewartet. Vielleicht erinnern Sie sich: Kleiber, ich vertrete hier den Sender von Herrn Delvos.«

»Ich weiß.« Grewe schüttelte ihm die Hand. Dr. Hermann Kleiber, Mitte Vierzig ungefähr, aber einer der dienstältesten deutschen Korrespondenten in Paris. Er war gleich nach seinem Studium hierhergekommen, hatte sich vollkommen assimiliert und jeden Versuch seines Senders vereitelt, ihn auf einen anderen Auslandsposten zu versetzen. Mit dem ebenfalls frankophilen Delvos hatte er sich sehr gut verstanden, vielleicht waren sie sogar befreundet gewesen.

»Herr Grewe, was sagen Sie zu dieser schrecklichen Geschichte?« Kleiber sah ihn an, aus seinen brennenden

Augen, das blasse, ovale Gesicht wie in gespannter Erwartung erstarrt. Das kahle Vorderhaupt glänzte, ein dünner Schweißfilm bedeckte die Haut im Haarkranz. Grewe bemerkte zum ersten Mal, daß Kleiber mit einem nervösen Tick zu schaffen hatte. Der Mann bewegte zuckend die Schultern unter dem blauen, feinen Stoff seines Jacketts, auch das linke Augenlid zog sich in unregelmäßigen, aber kurzen Abständen krampfhaft zusammen.

Grewe sah in sein Glas. »Was soll ich dazu sagen?« Er schaute zu Kleiber auf, der den zuckenden Blick nicht von ihm wandte. »Ich glaube, ich hab's noch nicht ganz verdaut.«

»Kein Wunder, Sie waren ja bis zuletzt mit ihm zusammen.« Kleiber reckte in einer unkontrollierten Bewegung den Kopf ruckartig aus dem Kragen heraus. »Herr Grewe, hat die Polizei Sie deshalb so lange festgehalten?«

»Ich weiß nicht, wahrscheinlich.«

»Es ging wohl um das Päckchen, ich meine . . .«

Grewe nahm einen Schluck. »Ja, das Päckchen spielt natürlich die Hauptrolle.«

»Ach, ist das so?« Kleiber fuhr in die Innentasche seines Jacketts, brachte ein blütenweißes Tuch hervor und rieb sich damit über das glänzende Vorderhaupt. »Es scheint wohl klar zu sein, daß die Bombe in diesem Päckchen war, wie?«

»Ja. Das scheint klar zu sein.«

»Herr Grewe, was ist Ihr Eindruck?«

»Was meinen Sie?«

»Glauben Sie auch, daß die Bombe in dem Päckchen war? Ich meine, Sie waren doch dabei, als er es in Empfang nahm. Und Sie sind doch dann mit ihm hochgefahren. Es hätte ja sein können, daß er das Päckchen . . . inspiziert hat. Ich meine, geöffnet haben wird er es natürlich nicht im Aufzug, aber . . .« Kleiber vollendete den Satz nicht, er sah Grewe eindringlich an.

»Nein, geöffnet hat er es natürlich nicht. Zu meinem Glück.«

Merkwürdigerweise brach Kleiber in ein unterdrücktes, aber offenbar nicht zu beherrschendes Lachen aus, seine Schultern bebten: »Zu Ihrem Glück, zu Ihrem Glück, natürlich . . .«

Grewe, der das unbestimmte Gefühl hatte, an einen wichtigen Punkt dieses Falles erinnert worden zu sein, kam nicht dazu, sich zu konzentrieren. Kleibers Lachen irritierte ihn, und zu allem Überfluß war nun auch noch Kleinschmidt auf ihn aufmerksam geworden. Er war von seiner Schreibmaschine aufgesprungen, steuerte um den Tisch herum und auf sie zu, stieß sich heftig an der Ecke, zog die Hose hoch über den Bauch.

»Peter, hör mal, ich hab' dich schon die ganze Zeit gesucht, Entschuldigung, Herr Kleiber, nur einen Augenblick. Wie haben die Jungs von der Polizei dich behandelt? Ich möchte denen nämlich einen reinwürgen. Sind die mit dir auch so schweinemäßig umgegangen? Uns haben sie behandelt wie die letzten Menschen.«

Grewe nahm einen Schluck von seinem Whisky. »Es ging.«

»Aber die haben dich doch bis um fünf oder noch später festgehalten, wir haben uns alle schon Sorgen gemacht.«

»Bis halb fünf. Sie wollten mich halt ausquetschen.«

»Stimmt es, daß die dich sogar verdächtigt haben? Der Simonsen erzählt so was.«

»Das kann man nicht so sagen, nein. Sie wollten halt möglichst viel von mir wissen.«

»Und? Hast du ihnen was Besonders sagen können?« Kleinschmidt, der mit offenem Mund vor ihnen stand und schon wieder seine Hose hochzog, sah plötzlich zur Seite, hinaus auf den Korridor: »Mensch, Scheiße, da kommt der Minister schon, und ich bin noch nicht fertig«, wandte sich ohne ein weiteres Wort ab und stürzte sich wieder auf die Schreibmaschine.

Zwei Sicherheitsbeamte kamen voran durch die offene Tür, neben dem Minister sein Pressereferent, dahinter sein persönlicher Referent, der einen schwarzen Aktenkoffer trug, neben diesem ein hagerer, ziemlich großer Mann in dunkelgrauem Anzug, Anfang Fünfzig vielleicht, randlose Brille, aschblonde Haare, kurzgeschnitten.

Das mußte Nesselrath sein, Grewe war sich ziemlich sicher.

Im Rest des Konvois schwamm der Presseattaché der Botschaft mit herein, zu seiner Rechten die Sekretärin des Ministers, noch zwei, drei Leute, wahrscheinlich Mitglieder der Delegation, dann wieder zwei Sicherheitsbeamte. Sie schlossen sofort von außen die Flügeltür. Ein bulliger Mensch, der bis dahin schweigend neben dem Tisch mit den Getränken gestanden hatte, ohne zuzugreifen, verließ den Raum und schloß die Tür hinter sich.

Der Minister war sichtlich mitgenommen. Er drückte jedem die Hand, kam zuletzt, nach einer Runde um den Tisch, zu Grewe, schüttelte stumm den Kopf, als sein Pressereferent sagte: »Sie kennen Herrn Grewe ja, Herr Minister, er war bis zuletzt mit Herrn Dr. Delvos zusammen«, wandte sich nach einem mächtigen Händedruck kopfschüttelnd von Grewe ab und schien keiner weiteren Handlung fähig zu sein, bis der Pressereferent ihn an den Tisch im Nebenraum bat.

Der Pressereferent und der Presseattaché rahmten den Minister an der Kopfseite ein, gleich daneben saß Nesselrath. Die Beamten der Delegation zogen sich auf die Stühle im Hintergrund zurück, auch der persönliche Referent und die Sekretärin beschieden sich mit der zweiten Reihe.

Grewe, der nicht mehr auf Kleiber geachtet hatte, merkte plötzlich, daß er neben ihm am Tisch saß. Kleiber zog den Schreibblock heran, schob ihn wieder fort, rückte seinen Stuhl zurecht, blickte auf den Minister, das linke Augenlid zuckte beharrlich.

Grewe schaltete ab, sobald der Pressereferent des Ministers die ersten Sätze der Einleitung gesprochen hatte. Es gab offensichtlich keine neuen Informationen. Alle Indizien wiesen auf einen Terroranschlag hin, sagte der Pressereferent. Es sei durchaus möglich, daß der Anschlag nicht einer bestimmten Person gegolten habe, es sei allerdings auch nicht völlig auszuschließen, daß die Terroristen auf Herrn Dr. Nesselrath, hier zu seiner Rechten, abgezielt hätten. Über den Zimmeraustausch seien ja alle Anwesenden informiert. Jedenfalls sei es selbstverständlich ganz abwegig und durch nichts zu rechtfertigen, Herrn Dr. Nesselrath in irgendeiner Weise für den tragischen Tod von Herrn Dr. Delvos verantwortlich zu machen.

Grewe spürte, daß Kleiber neben ihm sehr unruhig wurde, er glaubte sogar, ein halblautes »Unglaublich!« zu hören. Aber Kleiber war ihm mittlerweile so lästig, daß er sich nicht einmal nach ihm umdrehte.

Während Nesselrath das Wort ergriff und in trockenen, ein wenig mühsam konstruierten Sätzen sein Bedauern über den tragischen Tod von Herrn Dr. Delvos aussprach, ließ sich Grewe weit wegtreiben in die Erinnerung an eine Pariser Kollegin, der er bei früheren Besuchen ein paarmal begegnet war, die aber merkwürdigerweise in dieser Runde fehlte. Er mußte Kleiber fragen, wo sie war.

Als der Minister sprach, überließ Grewe sich noch immer der Drift seiner Erinnerung. Der Minister rückte die schwere Hornbrille nach hinten, lockerte den Sitz der Augengläser dann wieder, neigte den Kopf ein wenig, suchte nach einem Wort, netzte unterdessen mit seiner dicken Zunge die Lippen. Er war ergriffen, aber er verbreitete nicht Ergriffenheit, sondern Schläfrigkeit. »Ich meine, daß nichts die«, ein Griff an die Brille, »Verwahrlosung der Geister, mit denen wir es zu tun haben, im doppelten Wortsinn zu tun haben, erschrekkender«, die dicke Zunge fuhr zwischen den Lippen hervor, »enthüllt als diese«, ein Neigen des Kopfes zur anderen Seite, »scheusälige Tat.«

Grewe hielt seinen Blick auf den Minister gerichtet, aber er sah ihn nicht. Er sah das vage Bild dieser Kollegin, eines Mädchens Ende Zwanzig, Anfang Dreißig, lange braune Haare, braune, schwimmende Augen, die auf eine unglaubliche Art unglaublich tief in einen eindrangen. Er würde jetzt Kleiber fragen, wo sie zu finden sei, und würde dann auf der Stelle diesen Raum verlassen und zu ihr gehen.

Ob es Fragen gebe, sagte der Pressereferent. Kleinschmidt, kein Freund der Bonner Regierungskoalition, war sofort zur Stelle. Er trompetete, ob der Minister nach diesem schrecklichen Vorfall nicht der Meinung sei, daß die Koalition das Problem des Terrorismus zu leicht genommen habe. Der Minister setzte, brillerückend und lippenleckend, zu einer langen Erwiderung an.

Grewe hörte nicht hin. Er kam erst zu sich, als Kleiber neben ihm sich meldete und mit einer Stimme, in der unverkennbar Empörung mitschwang, fragte, ob der Minister und Herr Nesselrath selbst nicht der Meinung seien, daß Herr Nesselrath durch die Äußerungen, die er gegenüber einer französischen Zeitung getan und die am Vortag veröffentlicht worden seien, das Interesse der Terroristen in, nun ja: unverantwortlicher Weise auf sich gelenkt habe.

Plötzlich war der Teufel los.

Es wurde klar, daß die Delegation wie die Botschaft versucht hatten, diesen Tatbestand zu übergehen, den Kleiber durch weitere Fragen enthüllte: Nesselrath war bei seiner Ankunft auf dem Flughafen von einem einfallsreichen französischen Reporter nach seiner Einschätzung der bevorstehenden Konferenz gefragt worden, und er hatte sich – ein in der Tat für einen Beamten sehr merkwürdiges Verhalten – dazu hinreißen lassen, einige sehr persönliche Meinungen über die Notwendigkeit der Bekämpfung des Terrorismus von sich zu geben. Der Reporter mochte noch ein wenig Pfeffer draufgegeben haben, jedenfalls war Nesselrath in der nächsten Ausgabe der Zeitung mit vollem Rang und Namen als ein Mann präsentiert worden, der den Terrorismus mit eisernem Besen auszukehren gedenke, koste es, was es wolle. Man hatte den Dr. Hans-Martin Nesselrath nicht gerade einen deutschen Feldwebel genannt, aber der Bericht ging eindeutig in diese Richtung. Kleiber hatte die Zeitung bei sich und gab sie Grewe zu lesen.

Das Informationsgespräch, das so andächtig begonnen hatte, endete chaotisch. Gegen zehn bat der Minister um

Verständnis dafür, daß er sich nun zurückziehe, ihm stehe ein langer Tag bevor, wie den Damen und Herren Journalisten natürlich auch. Er bitte nur herzlich darum, daß niemand unersprießliche Händel suche, jedenfalls nicht Händel dort, wo sie nicht abgenötigt seien, die Drangsal, in der alle miteinander stünden, sei ohnehin groß genug.

Die Delegation scharte sich während dieser Worte bereits hinter dem Minister zusammen, sie folgte ihm geschlossen, als er mit schweren Schritten den Konferenzraum verließ, drängte ihm nach durch die Flügeltür.

Grewe nutzte eine Unachtsamkeit Kleibers, der über den Tisch hinweg in Kleinschmidt einen gleichermaßen Empörten gefunden hatte. Grewe setzte sich unbemerkt ab.

Nach der Hälfte des Korridors hatte er die Delegation eingeholt. Nesselrath, der im Augenblick wenig Anlaß hatte, sich im Blickfeld seines Ministers aufzuhalten, wanderte am Ende der kleinen Gruppe, neben einem der Sicherheitsbeamten.

Grewe schloß auf der anderen Seite zu ihm auf und sagte halblaut: »Herr Doktor Nesselrath, ich hätte Sie gern noch einmal gesprochen, ich muß Ihnen sagen, daß ich diese Aufregung wegen Ihres Interviews ziemlich idiotisch finde.«

Er merkte sofort, daß er den kitzligen Nerv berührt hatte, Nesselrath fiel ein paar Schritte zurück, ließ den Sicherheitsbeamten, der Grewe mißtrauisch ansah, vorausgehen und sagte: »Ja, gern . . . Wen vertreten Sie noch mal?«

Grewe nannte den Namen seiner Zeitung und seinen eigenen.

»Tja, Herr Grewe, wann machen wir das denn? Ich muß morgen früh schon um halb acht beim Herrn Minister sein, und gleich anschließend gehen die Gespräche weiter.«

»Es wäre gut, wenn wir's heute abend noch machen könnten«, sagte Grewe. »Morgen wird's auch für mich schwierig. Wäre es Ihnen recht, wenn ich auf Ihr Zimmer komme?«

Nesselrath überlegte einen Augenblick, ging unterdessen ein wenig schneller, um den Anschluß an die Delegation nicht völlig zu verlieren. »Warum nicht? Sagen wir, in einer Viertelstunde?«

»Gut. Welche Zimmernummer?«

»Vierhunderteinundsechzig.«

6

Grewe blieb stehen, kramte eine Zigarette hervor. Er sah, während er sie anzündete, der Delegation nach, die um die Ecke verschwand. Dann sah er zurück zum Pressezimmer. Die Flügeltür stand offen, aber niemand kam heraus, er hörte deutlich das Stimmengewirr der erregten Diskussionen, unterlegt vom Rattern des Fernschreibers.

Grewe entfernte sich. Er fand den Eingang zum Treppenhaus, stieg langsam hinauf zum vierten Stock, sah nach, wo Zimmer 461 lag, ging zurück ins Treppenhaus, rauchte im Halbdunkel, an ein Fenster gelehnt, das auf einen düsteren Lichtschacht führte, eine weitere Zigarette, legte die Hand auf die kalte, schwarze

Glasscheibe, dann die Stirn, fühlte wieder mächtig und warm die Frage aufsteigen, wo die Kollegin mit den schwimmenden braunen Augen sein mochte, trat die Zigarette aus.

Um zwanzig nach zehn klopfte er an Nesselraths Tür, sie wurde sofort geöffnet.

Der Mann war wirklich nicht ohne. Er drückte noch einmal, diesmal geläufiger und freier, sein Bedauern über den tragischen Tod von Claus Delvos aus. Anscheinend stand er unter der Vorstellung, daß ein Journalist sich zwangsläufig grämt, wenn es einen anderen Journalisten erwischt hat, und daß es in diesem Fall nicht schaden kann, die Presse als solche der Anteilnahme zu versichern. Er wanderte unterdessen in seinem Zimmer, dem Zimmer, in dem der so tragisch Abgelebte hatte wohnen sollen, auf und ab, mit der Herrichtung eines Whisky Soda für Grewe beschäftigt. Das Jackett seines Anzugs hatte Nesselrath abgelegt, er trug eine wattierte Hausjoppe, er war so frei, allerdings nicht ohne schon an der Tür gesagt zu haben, Grewe nehme doch hoffentlich keinen Anstoß daran.

Grewe wußte, sobald er den Mann in seinen vier Wänden gesehen hatte, daß die Zeit vergeudet war. Er hätte bei Kleiber bleiben und die Adresse der Kollegin aus ihm herausholen sollen. Er würde in diesem Hotelzimmer eine Menge über Dr. Hans-Martin Nesselrath erfahren, aber nichts über die Frage, die ihn quälte und an deren Lösung er nach wie vor nicht glauben mochte: Warum Claus Delvos sterben mußte.

Nesselrath, der schließlich in dem zweiten Sessel am Rauchtisch Platz genommen hatte, zurückgelehnt, ein Whiskyglas in der Hand, die Beine in dunkelgrauer Hose übereinandergeschlagen, Nesselrath begann, sobald er sein Soll an Anteilnahme für die Presse als solche erfüllt glaubte, exakt das Image auszumalen, das der französische Reporter ihm verliehen hatte. Er präsentierte sich als Terroristenschreck, als ein Mann, der unerbittlich und – nun ja, es lasse sich nicht leugnen – mit profunder Sachkenntnis und messerscharfem Intellekt die jüngste Plage der Menschheit verfolge und recht zuversichtlich sein könne, daß es ihm – vereint mit anderen, selbstverständlich – gelingen werde, sie auszurotten.

Grewe begriff, während er Nesselraths Whisky in kleinen Schlucken zu sich nahm, daß dieser Mann von Delvos' Tod tatsächlich tief berührt war: Nesselrath fühlte sich in seiner eigenen Bedeutung durch diesen Mord auf nie erhoffte Weise bestätigt.

Der Höhepunkt der Vorstellung war unzweifelhaft erreicht, als der Ministerialdirigent, nachdem er dargelegt hatte, daß ein Mann in seiner Position natürlich jederzeit mit allem rechnen müsse, die Hausjoppe aufknöpfte, von unten bis oben, und den linken Schoß zurückschlug: Er trug auf dem weißen Hemd, über dem feinen schwarzen Ledergürtel, eine Pistole im Halfter, nicht weit vom Herzen.

Grewe, der für den Bruchteil einer Sekunde befürchtet hatte, Nesselrath wolle ihm den Penis oder einen künstlichen Darmausgang zeigen, fragte konsterniert: »Was ist das?« Er hatte nie in seinem Leben ein Schießeisen in der Hand gehabt. Zweimal hatte er ein solches Halfter gesehen, das eine Mal, als er auf einer Wahlkampfreise des Bundeskanzlers mit einem Sicherheitsbeamten zum Pinkeln gegangen war, das andere Mal, als ein sehr junger Beamter des Bundeskriminalamtes an einem drückendheißen Tag im Bundeshaus ihm sein Leid geklagt hatte: »Ja, sicher, Ihre Krawatte ist lästig, aber wir müssen das hier mit herumschleppen«, und der junge Mann hatte stolz-verstohlen seinen Rock aufgeknöpft und den linken Schoß zurückgeschlagen.

Nesselrath sagte bereitwillig: »Eine PPK siebenfünfundsechzig. Kennen Sie die nicht? Das ist die übliche Polizeipistole.«

Grewe heuchelte Interesse. Er hatte nie an den Schießübungen mit anschließendem Umtrunk teilgenommen, zu denen der Bonner Polizeipräsident hin und wieder die Mitglieder der Bundes-Pressekonferenz einlud.

Nesselrath erläuterte, daß manche Leute seines Gefährdungsgrades die kleine P 8 bevorzugten, Kaliber sechsfünfunddreißig: »Das Ding hat immerhin acht Schuß, wiegt knapp vierhundert Gramm, die können Sie notfalls in der Hosentasche mitnehmen. Aber das ist mehr eine Damenpistole, wissen Sie. Ich bin da schon mehr für die durchschlagende Wirkung«, und Nesselrath lachte herzlich, weil er sicher war, daß Grewe den sprachlichen Doppelsinn begriffen hatte.

Es klopfte.

Nesselrath setzte das Glas ab. »Ach, sieh da, sie kommt doch noch.«

Er knöpfte die Hausjoppe zu. »Meine Tochter Marion, sie studiert hier in Paris. Ich weiß nicht, ob Sie selbst Kinder haben?«, und, als Grewe nickte: »Dann wissen Sie ja, daß Väter zu jeder Tages- und Nachtzeit bereit sein müssen.« Er ging auf seinen feinen Lederpantoffeln zur Tür.

Grewe hörte eine helle, erbitterte Stimme hereinplatzen, kaum, daß Nesselrath die Tür aufgeschlossen hatte: »So ein verdammter Mist, jetzt haben doch diese Idioten da unten mich eine halbe Stunde festgehalten und meinen Ausweis verlangt und meinen Namen aufgeschrieben und mich an der Rezeption vorgeführt!«

Grewe erstarrte, als er das Mädchen sah.

Nesselraths Tochter war Anfang Zwanzig, allenfalls fünfundzwanzig. Sie war etwas weniger als mittelgroß. Dem jungen, schlanken Mulatten an der Rezeption hätte sie ungefähr bis zur Schulter gereicht.

Sie hatte brünette Haare, schulterlang, und blaue Augen. Sie trug Jeans, eine Jeans-Jacke, einen Pullover darunter. Der Pullover saß stramm. Sie war rundlich, vom Gesicht bis zu den Schenkeln.

7

Grewe, der spät am Freitagabend nach Hause gekommen und dankbar gewesen war, daß seine Frau ihn stumm in die Arme geschlossen und nicht viel gefragt hatte, Grewe zog sich am Samstagmorgen, nachdem er geduscht und das Frühstück zu sich genommen hatte, das auf Warmhaltern und unter Hauben auf seinem Platz am Eßtisch stand, mit den Wochenendzeitungen zurück. Die Kinder waren in der Schule, seine Frau war zum Einkaufen in die Stadt gefahren. Er überflog die Schlagzeilen, schob die Zeitungen beiseite, nahm einen Aktenbogen aus der Schreibtischlade und schrieb das folgende auf, sehr sorgfältig und fast so, als schicke er seiner Frau schon wieder ein Telegramm:

1. *Bombe in Päckchen für 482 abgegeben.*
2. *Wenn Terroristen, dann wollten sie Nesselrath: Delvos starb durch Verwechslung (Zimmertausch).*
3. *Wollte Nesselrath Zimmertausch nur wegen Lärm? Merkwürdig: Er selbst hat sich Delvos' Zimmer ausgesucht – und so Delvos auf 482 gebracht.*
4. *Wenn nicht Terroristen: Hat Nesselraths Tochter Päckchen abgegeben (Beschreibung paßt)? Quatsch, Quatsch: Sie wäre doch an Rezeption identifiziert worden (der Mulatte!). Oder?*
5. *Wenn nicht Terroristen, wenn nicht Nesselraths Tochter, wenn nicht Nesselrath: Muß nicht doch Ehemann von Delvos' Freundin dahinterstecken? Aber wer hat dann in seinem Auftrag Päckchen abgegeben? Und woher kannte er Zimmer 482?*

Grewe sah diese Notizen durch und trug dann zu dem ersten Punkt eine Fußnote ein:

Zu 1. Dazu wollte mir, als ich mit Kleiber sprach und bevor Kleinschmidt uns störte, irgend etwas einfallen, aber ich komme nicht mehr darauf.

Er las noch einmal alles durch, starrte eine Weile ins Leere und fügte dann einen weiteren Punkt an, in Druckbuchstaben:

6. *Ich muß herausfinden, wer Delvos' Freundin ist.*

Als er seine Frau zurückkommen hörte, verbarg er das Blatt in einem Stapel von Bundestagsdrucksachen und Pressemitteilungen. Er zog eine Zeitung heran und schlug sie auf. Seine Frau kam zu ihm an den Schreibtisch, sie legte beide Hände auf seine Schultern und massierte mit den Daumen seinen Nacken.

»Wie geht's dir? Ausgeschlafen?«

»Ja, danke. Was macht der Hund?«

»Der liegt im Körbchen.«

»Ich muß nachher wahrscheinlich mal eben ins Büro. Ein paar Sachen holen.«

»Willst du nicht mal lieber Pause machen?«

»Ich werd' mich nicht strapazieren. Ich bleibe auch nicht lange.«

»Hast du morgen Dienst?«

»Nein.«

Sie fuhr mit gespreizten Fingern aufwärts durch sein Nackenhaar. Er beugte den Kopf. Dann drehte er seinen Stuhl herum und streckte den Arm aus. Sie setzte sich auf seinen Schoß. Sie war noch immer ein Leichtgewicht, obwohl sie nicht klein war. Sie waren jetzt fast zwanzig Jahre verheiratet. Er war zweiundzwanzig gewesen, sie einundzwanzig, als das erste Kind sich ankündigte und sie in Dortmund zum Standesamt gingen. Ihre Figur hatte sich seither kaum verändert. Sie hatte eine kleine runde Brust, eine schlanke Taille, ein recht kräftiges Gesäß. Lange, schlanke Beine, die Unterschenkel für seinen Geschmack ein bißchen zu schlank, und ein bißchen nach außen stehend. Er hatte sich damals, als sie vor dem Standesamt eintrafen, gefragt, ob er nicht einen Fehler mache. Er hatte es nie lassen können, Frauen mit strammen Schenkeln nachzublicken.

Er sah sie an, lächelte. Sie hatte sich anscheinend die Haare gewaschen, die dunkelblonden, kurzgeschnittenen Locken schimmerten. Sie hatte sich die Lippen nachgezogen. Er roch ihr Parfum. Sie sah ihn an, lächelte. Die beiden Fältchen in ihren Augenwinkeln vertieften sich. Er studierte die Iris ihrer Augen, ein Gemisch aus Grün und Braun, schwärzliche Einsprengsel. Sie zog seinen Kopf an ihre Brust. Sie fing an, ihr Gesäß über seinem Schoß zu bewegen. Er umfaßte mit der Rechten ihr Knie, preßte es, fuhr dann mit den Fingerkuppen den Oberschenkel hoch, über die glatte Strumpfhose, unter den weiten Rock aus derbem, grauem Stoff. Sie küßte ihn auf die Stirn.

»Magst du denn überhaupt?«

»Ja, sehr.«

Sie lagen beide noch, eng umschlungen und beide ziemlich in Schweiß geraten, auf dem Berberteppich vor dem Fernsehgerät, als der Spaniel wedelnd hereinkam und an ihnen zu schnuppern begann.

Grewe schirmte ihr Gesäß mit beiden Händen ab, schob dann den Hund weg: »Hau ab, Sammy, pack dich. Heute nachmittag gehen wir spazieren. Jetzt hau ab, du Hund!« Sie lachten, weil der Hund so dämlich dreinschaute. Er half ihr auf, sie ließ einen langen tiefen Seufzer heraus, schmiegte sich an seine Brust. Er schlang beide Arme um sie, preßte sie an sich.

Während sie sich die Strumpfhose überstreifte und nach oben zog – wackelnde Bewegungen mit dem Gesäß, bei gespreizten Beinen –, ging er zurück in sein kleines Arbeitszimmer. Er suchte aus dem Telefonbuch die Nummer von Delvos' Sekretärin heraus. Er wählte die Nummer. Niemand meldete sich.

Er dachte einen Augenblick nach. Sie wohnte in Bad Godesberg, er konnte in einer Viertelstunde dort sein und vor ihrer Tür warten. Bei dem Gedanken, daß sie über das Wochenende verreist sein könnte, spürte er eine peinigende Ungeduld in sich aufsteigen. Er wählte die Nummer von Delvos' Büro. Die Sekretärin meldete sich sofort. Als er seinen Namen nannte, brach sie in lautes Weinen aus.

»Na, na, Gertie, jetzt beruhigen Sie sich mal. Es ist schlimm, es ist ganz schrecklich, ich weiß doch. Aber jetzt beruhigen Sie sich mal. Wissen Sie, irgendwann sind wir alle mal dran. Es ist schrecklich, ich weiß, aber es ist nun mal nicht zu ändern. Hören Sie, Gertie?«

Das Mädchen schluchzte, schluckte, sagte dann mit dünnem Stimmchen: »Es ist so schrecklich, Herr Grewe.«

»Ich weiß doch. Sind Sie jetzt noch eine Weile im Büro? Ich komme mal vorbei. In zwanzig Minuten bin ich da. Okay?«

»Ja, Herr Grewe. Ich muß seine Sachen aufräumen. Die Leute vom Sender wollen am Montag kommen und alles durchsehen. Und seine Schwester kommt auch.«

»Gut, bis gleich, Gertie.« Er legte auf, schaute ins Wohnzimmer hinein. Seine Frau lag auf dem Sofa. Sie öffnete die Augen halb, blinzelte ihn lächelnd an, formte mit den Lippen einen Kuß.

»Ich fahr' mal eben zu Gertie, Delvos' Sekretärin. Sie ist ganz fertig.«

Seine Frau nickte.

Grewe fuhr zum Pressezentrum am Tulpenfeld. Er mußte nicht hinunter in die Tiefgarage, auf seinen Einstellplatz. Die Straße vor dem grauschimmernden Pressehaus I, in dem sein Büro lag und das von Delvos auch, war leer und ausgestorben, wie immer am Samstagmorgen nach dem Gedränge am Freitag.

Er parkte auf der Straße vor dem schmalen Fußweg zum Tulpenfeld. Während er über den Fußweg ging, senkte sich das, was geschehen war, wie eine schwere, dunkle Wolke auf ihn herab und hüllte ihn ein. Er glaubte zu ersticken. Er blieb stehen und atmete tief durch. Er brach von einem der niedrigen Sträucher, die den Fußweg flankierten, einen kleinen Zweig ab und drehte ihn zwischen den Fingern.

Ein paar tausendmal war er über diesen Weg, die graubraunen, körnigen Platten gegangen in den vergangenen zehn Jahren, an lauen Sommerabenden, an knirschenden Wintermorgen. Einige Male war er sehr glücklich gewesen auf dieser Passage, auf dem Weg zu einem Ziel, dessen er sich sicher fühlte und das ihm das Leben bedeutete. Ihm wurde bewußt, daß das, was geschehen war, nicht mehr rückgängig gemacht werden konnte und daß nichts mehr so sein würde, wie es einmal war.

Ein Mensch war gestorben.

Gertie saß an Delvos' Schreibtisch, verheult, aber nicht mehr weinend, sie hatte sämtliche Schubladen leergemacht und den Inhalt auf die Platte gestapelt. Grewe nahm das Häufchen Elend in den Arm und tätschelte ihr die Wange. Sie lächelte ihn an aus Augen, in die schon wieder das Wasser schoß. Er ließ sie sachte los. Er wußte, daß er ihr weh tun und daß er falschspielen mußte, wenn er ans Ziel kommen wollte.

Nachdem er ihr das über Delvos' Tod erzählt hatte, was er ihr zumuten konnte, trat er ans Fenster. Man konnte von hier über das Tulpenfeld hinweg bis nach Kessenich sehen. Der Himmel über dem Venusberg war trübe und kalt. Gegenüber, vor der schwedischen Botschaft auf der anderen Seite des Rasens, führte ein alter Mann mit Baskenmütze seinen Hund spazieren.

Grewe sagte, während er hinaussah: »Gertie, ich hab' da noch eine Frage. Wir wissen beide, daß Delvos nach dem Tod seiner Frau lange Zeit wie ein Einsiedler gelebt hat, privat, meine ich. Aber . . . hat es da in der letzten Zeit vielleicht wieder eine Frau gegeben?«

Er spürte, wie Gertie hinter seinem Rücken gefror. Er drehte sich um. Gertie starrte auf die Schreibtischplatte, sie fuhr mit ihrem rechten Zeigefinger über die Platte hin und her.

»Gertie, es ist wichtig. Er hat mir einige Sachen gesagt, auf dem Flug nach Paris. Und die Frau, die es da offensichtlich gab, muß wissen, was geschehen ist, verstehen Sie. Es ist wichtig für sie. Und es wäre auch für Delvos wichtig, verstehen Sie, obwohl er tot ist.«

Gertie sah auf ihren Zeigefinger, der sich beharrlich hin und her bewegte. »Ich weiß nichts Genaues. Aber es hat schon mal eine Frau angerufen, ziemlich oft sogar, seit ein paar Monaten. Und seitdem hat er sich auch verändert, auch mir gegenüber. Er war manchmal nicht freundlich zu mir. Das war früher ganz anders. Er war immer so nett. Früher. Aber seitdem diese Frau anrief, hatte ich oft das Gefühl, ich sei ihm lästig. Und so war es auch.« Sie schluchzte einmal trocken auf.

Grewe, der mühsam an sich gehalten hatte, nutzte die Pause. »Wie hieß diese Frau?«

»Das weiß ich nicht.« Gertie lehnte sich auf dem Schreibtischstuhl nach hinten, fingerte ein kleines weißes Taschentuch aus der engen Tasche ihrer Jeans, wischte sich die Augen aus. »Sie hat sich immer mit Becker gemeldet. Aber das klang falsch. Das war bestimmt nicht ihr richtiger Name.«

»Hat er sie auch schon einmal angerufen?«

»Ja.«

»Aber dann hat er sich nicht von Ihnen verbinden lassen?«

»Nein. Er hat selbst gewählt, und vorher hat er auch

immer die Tür zugemacht. Es war eine siebenstellige Nummer.«

»Sie haben nie . . .«, Grewe wies auf den Telefonapparat, »mitgehört, zufällig?«

»Was denken Sie denn, Herr Grewe?« Gertie funkelte ihn empört an. »Außerdem geht das gar nicht mit unserer Anlage.«

»Schon gut, Gertie, es wäre doch nur verständlich gewesen.« Er dachte einen Augenblick nach. »Einen Vornamen haben Sie auch nie gehört?«

Gertie lächelte bitter. »Er hat sie ›Mein Schatz‹ genannt. Und ›Mein Herz‹. Auch schon mal ›Herzele‹.«

Grewe schaute sie verblüfft an. »Wann haben Sie denn das gehört?«

»Manchmal hat er vergessen, die Tür zuzumachen, wenn sie angerufen hat. Oder er hat sich nicht die Zeit dazu genommen. Er sprach dann ganz leise. Aber ich hab' ja doch alles mitbekommen.« Sie schluchzte wild auf, warf den Kopf auf den Schreibtisch und barg ihn in den verschränkten Armen.

Grewe ging zu ihr, faßte sie an den Schultern. »Gertie, Gertie.« Die Schultern zuckten heftig unter seinen Händen. »Gertie, vielleicht halten Sie mich jetzt für brutal, aber ich muß Ihnen was zum Trost sagen: Diese Frau hat jetzt auch nichts mehr von ihm. Für diese Frau ist er jetzt genauso tot wie für Sie.«

Gertie hob den Kopf und sah ihn an, mit Augen, die durch die Tränen hindurch funkelten. »Wissen Sie was, Herr Grewe? Das ist das einzige, was mich tröstet. Und Sie können mich ruhig für gemein halten: Aber es tut mir gut, daß er jetzt für sie gestorben ist, mausetot!«

An der Tür drehte Grewe sich noch einmal um und streckte den Finger nach den Stapeln auf der Schreibtischplatte aus: »Und es gibt nicht einen Hinweis in dem ganzen Zeug?«

»Nichts. Ich hab' ja schon alles durchsucht. Nur das hier«, sie hob den schönen, breiten, bunten Strauß künstlicher Blumen aus der schweren Glasvase heraus, die auf dem Schreibtisch stand, »aber von wem der war, das hab' ich schon gewußt, als er ankam, am 20. Juli«, und ließ den Strauß aus der gestreckten Hand in die Vase hinunterfallen.

8

Grewe sah, während er schnellen Schrittes über den Fußweg zurück zur Straße ging, auf seine Uhr. Fünf vor zwölf. Wann ißt ein Hausmeister zu Mittag? Vielleicht doch nicht so früh. Er fuhr in hohem Tempo nach Bad Godesberg, verlangsamte die Fahrt nur auf der Ebertallee in Höhe des Polizeipräsidiums. Vor dem Appartementhaus in der Godesberger Innenstadt, in das Delvos nach dem Tod seiner Frau umgezogen war, setzte ein Wagen aus einer Parktasche heraus. Grewe pries sein Glück, fuhr in die Lücke ein, vergaß, den Münzautomaten zu bedienen, kehrte hastig noch einmal zurück.

Im Souterrain, vor der Wohnung des Hausmeisters, schlug ihm starker Essensgeruch in die Nase. Rotkohl, vermutlich, und Frikadellen. Eine Frau in Jeans und Schürze öffnete ihm. Zwei Kinder stellten sich vor ihm auf und sahen ihn an, Finger im Mundwinkel. Ein drittes plärrte im Hintergrund.

Er sagte, daß er den Hausmeister dringend sprechen

müsse. Die Frau wandte sich um und rief: »Hubert?« Der Hausmeister tauchte auf, in Hemdsärmeln, eine Zeitung in der Hand.

Grewe sagte, er sei ein Freund von Dr. Delvos und regele dessen Angelegenheiten.

Der Hausmeister sagte: »Momentchen mal«, trat in den Korridor zurück, legte die Zeitung ab, streifte einen grauen Kittel über, fuhr sich über die Haare. Er kam heraus zu Grewe auf den Flur. Die Kinder, die Anstalten machten, ihm zu folgen, wies er in die Wohnung zurück, »Ihr jeht jetz mal erein hier«, zog die Tür an ihren stumm staunenden Nasen vorbei ins Schloß.

Grewe machte keine Umschweife. Er zog einen Zwanziger hervor, drückte ihn dem Hausmeister in die Hand. Der Mann sah ihn verblüfft an, versenkte den Schein mit einem »Dankeschön« aber sofort in der Kitteltasche.

»Ich habe ein paar Fragen. Und ich möchte mich in der Wohnung von Herrn Delvos umsehen.«

»In der Wohnung? Dat jeht nit.«

»Warum nicht?«

Der Hausmeister warf einen Blick hinauf zur Eingangstür, trat sogar einen Schritt zur Seite, um den Flur besser überschauen zu können. Dann, halblaut: »Wat glauben Sie, wat hier los war. Die Kripo war hier, Bundeskriminalamt, Sie wissen doch, wat dat es.«

Grewe fühlte, wie die Enttäuschung seine Glieder schwer werden ließ. »Haben die die Wohnung durchsucht?«

»Und wie. Die haben jedes Stückchen Papier umjedreht. Die janzen Schallplatten eraus, jede Schublad. Ich meine, se haben hinterher wieder aufjeräumt. Aber erst haben se mal alles ausenanderjenommen.«

»Wann?«

»Jestern morjen. Um acht Uhr waren se hier. Bis zehn hat dat Spiel jedauert. Wat meinen Se, wat hier los war.«

»Haben sie was mitgenommen?«

»Ja, en janze Schublad voll. Aber was das war, weiß ich nit. Dat meiste war wohl Papier. Meinen Sie, der Dr. Delvos hätte wat mit den Terroristen . . .?«

Grewe schüttelte stumm den Kopf. Er dachte angestrengt nach. Seine Chance war gleich Null. »Ich möchte mich trotzdem in der Wohnung umsehen.«

»Ich hab' Ihnen doch jesagt, dat dat nit jeht! Wirklich nit!«

»Haben die die Wohnung versiegelt?«

»Nä, dat nit.«

»Also geht's doch. Sie haben doch einen Schlüssel.«

»Un wat es, wenn die wiederkommen?«

»Doch nicht am Samstagnachmittag.« Grewe zog den nächsten Zwanziger hervor. »Also?«

Der Hausmeister schüttelte den Kopf, »Sie brengen mich noch en de Blech«, nahm den Zwanziger, schloß die Wohnungstür auf und rief hinein: »Hildejard, ich bin mal jrad weg.«

Die Frau rief: »Aber et Essen es doch fertig!«

Der Hausmeister rief: »Et dauert nit lang!« und schloß die Tür.

Die Wohnung kam Grewe, der manchen Abend darin verbracht hatte, fremd vor und merkwürdig leer, obwohl alles an seinem Platz stand. Das Wohnzimmer mit dem breiten Fenster, davor der geräumige Balkon, der Blick hinaus auf das Labyrinth der kleinen alten Dächer, entfernt vor dem matten Himmel die scharfe Kontur der Godesburg. Das Schlafzimmer, in dem er Delvos, als der einmal nach einem Anfall von Verzweiflung und ganz entgegen seinen Gewohnheiten sinnlos betrunken war, ins Bett gepackt hatte. Grewe ging auch in die Küche, stand mit leerem Blick vor der Spüle, während der Hausmeister an der Tür von einem Bein aufs andere trat. Er ging ins Badezimmer, nahm, einem Einfall folgend, ein Handtuch vom Trockner, roch daran. Es gab nichts her.

»Jetzt müssen Se aber Schluß machen. Dat hat doch keinen Zweck, wat soll dat dann.« Der Hausmeister geriet zunehmend in Nöte.

Grewe ging zurück ins Wohnzimmer. »Ich bin gleich soweit.«

Er öffnete die Tür, trat auf den Balkon. Scharfe Novemberluft. Vom Grund der engen Häuserschlucht stiegen Fetzen des Straßenlärms empor und flatterten über die Brüstung. Grewe erinnerte sich an Sommerabende auf diesem Balkon, die Liegestühle, lange Gespräche mit Delvos, das rosige Wehen der Abendluft, das allmählich erlosch, bis die Nacht so dicht wurde wie eine Scheidewand. Er trat zurück ins Wohnzimmer, schloß die Tür.

»Ich bin gleich soweit. Ich habe nur noch eine Frage.« Er trat vor den niedrigen, langen Schrank, in dem Delvos' Schallplatten standen, vier-, fünfhundert Stück mochten es sein.

»Wat dann jetz noch?«

»Hatte Dr. Delvos Damenbesuch?«

»Wat soll dat dann heißen? Meinen Sie, ich passe hier auf die Mieter auf? Der Mann war ja schließlich drei mal sieben alt, oder?«

Grewe sah, daß noch eine Schallplatte auflag. Er las das Label: Reger, die Mozart-Variationen Opus 132, Berliner Philharmoniker, Karl Böhm.

»Natürlich war er drei mal sieben alt. Und es ist mir doch völlig egal, ob Sie auf Ihre Mieter aufpassen oder nicht. Aber es ist sehr wichtig, ich habe Ihnen doch gesagt, daß ich seine Angelegenheiten regele.«

»Ja, dat haben Sie jesagt, aber ich kenne Sie doch jar nit!«

»Also hören Sie: Ich weiß, daß er eine Freundin hatte. Und ich muß dieser Frau etwas sehr Wichtiges ausrichten. Er hat mir gesagt, daß er eine Freundin hatte, aber er ist nicht mehr dazu gekommen, mir ihren Namen zu sagen. Verstehen Sie: Es ist sehr wichtig.«

Der Hausmeister, wider Willen beeindruckt, zuckte hilflos die Schultern. »Da kann ich Ihnen auch nit helfen. Den Namen weiß ich auch nit.«

»Aber Sie kennen sie?«

»Ja, sicher, sie war ja oft jenug hier.«

»Wie sah sie aus?«

Ein Schulterzucken. »Jut sah sie aus, sehr jut.« Und dann verzog sich sein Gesicht, er lachte. »Der Mann war zu beneiden, dat kann ich Ihnen sagen.«

»Nun machen Sie doch schon.« Grewe ging von den Schallplatten weiter zu dem breiten Bücherregal, das bis zur Decke reichte. »Haarfarbe, Größe.«

»Die Haare braun, würd' ich sagen, bißchen fussig.«

»Kastanienbraun?«

»Ja, kann man sagen. Nit richtig fussig, aber so 'n Stich.«

»Lang, kurz?«

»Ne Lockenkopp. Un Augen hat die Frau, dat haut Sie um. Wie en Katz. Aber schön, nit katzig.«

»Grün?«

»Ja, kann man sagen. Un schwer was auf der Brust.

Vielleicht ne halbe Kopp kleiner als Sie. Aber ordentlich was auf der Fijur, rund erum.«

»Sie meinen, sie ist nicht sehr schlank?«

»Nä, überhaupt nit. Ich meine, die ist nicht dick. Aber 'ne tolle Fijur hat die Frau.«

Grewe erinnerte sich, vor dem Bücherregal stehend, daß Delvos die schöne Literatur alphabetisch nach Autoren aufgestellt hatte. Ein Pedant, dieser Delvos, aber dieses System half natürlich, und es brachte einige amüsante Nachbarschaften zustande: Grimm, Grimmelshausen, Gryphius, Hacks, Hašek, Hayes, Hebbel, Hebel, Heine, Hemingway.

Ein Einfall durchschoß Grewe. Er zog sich einen Stuhl heran, stieg darauf und suchte in der obersten Reihe.

»Ich will nit sagen, dat ich viel von Frauen verstehe. Aber die Frau is wat Besonderes. Das ist ein Typ, wissen Se, da fliejen die Männer drauf.«

Grewe hatte den Baudelaire gefunden, eine Originalausgabe der *Fleurs du Mal,* und zwei Übersetzungen, eine von Stefan George, die andere von Carlo Schmid. Der Hausmeister wachte auf. »Wat es dann jetz los, wollen Se jetz auch noch lesen hier?«

Grewe starrte hinaus durch das breite Fenster, und dann fiel es ihm wieder ein, das Gedicht, das Delvos ihm zitiert hatte: *Le Balcon.* Er sah im Inhaltsverzeichnis der Originalausgabe nach, und als er das Gedicht aufschlug, auf Seite 76 und 77, sprang ihm die Zeile schon in die Augen: »Ces serments, ces parfums, ces baisers infinis.« Delvos hatte sie unterstrichen und in seiner klaren, geschwungenen Handschrift an den Rand geschrieben: »Lilo, großer Gott!«

Grewe stellte die Originalausgabe und die Übersetzung von Stefan George wieder ein, nahm den Carlo

Schmid mit herunter und suchte darin die deutsche Fassung des Gedichts. Die Geduld des Hausmeisters war zu Ende. »Jetz es aber Schluß hier, was meinen Sie, wat ich mit meiner Frau für ene Knies krieje.«

Die Abende auf dem Balkon in rosigem Wehen . . .
Wie war dein Busen süß mir und dein Herz mir gut!

»Und stellen Se das Buch wieder weg, dat wollen Se doch hoffentlich nich mitnehmen?«

Und deinen Atem trank ich – o des Giftes Süße!
Die Nacht ward dann so dicht wie dunkle Scheidewände.

»Hier kommt nichts eraus aus der Wohnung, meinen Sie, ich wollt auch noch mit der Kripo Jedöns kriejen?«

Ihr Schwüre, Düfte, o ihr Küsse ohne Neigen,
Könnt aus verwehrtem Abgrund ihr denn wiederkehren?
So wie verjüngt am Himmel auf die Sonnen steigen,
Die rein sich wuschen unten in den tiefen Meeren?
O Schwüre, Düfte, o ihr Küsse ohne Neigen!

9

Am Samstagnachmittag machte Grewe mit dem Hund Sammy einen langen Spaziergang durch den Kottenforst. Als sie nach Hause kamen, Sammy verdreckt bis an die braunweißen Ohren, war Gisela Grewe dabei, den zweiten Kuchen zu backen, das Haus roch bis unter den Dachboden warm und anheimelnd. Die Tochter Steffi (14) saß in ihrem Zimmer und klebte eine Laterne zusammen. Die Tochter Jutta (18) war eben von einer Aufführung der Ballettschule, bei der sie zwei Soli zu tanzen gehabt hatte, zurückgekehrt, lag auf ihrem Bett, streckte die kostbaren Glieder, paffte eine Zigarette und las in Feuchtwangers »Erfolg«. Der Sohn Klaus (19) hatte im Wohnzimmer von Grewes Tonbandgerät Besitz ergriffen und nahm Schallplatten auf, die er sich von einem Klassenkameraden ausgeliehen hatte, Alban Berg, Wozzeck.

Grewe, der sich auf dem ganzen Heimweg auf die Sportschau gefreut hatte, fühlte sich, als er ins Wohnzimmer trat, stark versucht, dem Treiben seines Sohnes ein Ende zu setzen, zumal dieser unrasiert war. Zur neueren Musik hatte Grewe nie einen Zugang gefunden, auf ihn wirkte die ganze Wiener Schule einschließlich Alban Bergs ganz unausweichlich wie ein Katzenkonzert. Er unterdrückte die Aufwallung, setzte sich in den Ledersessel und zündete sich eine Zigarette an. Aus den Lautsprechern drang eine starke, in Tonfolgen, die er nicht verstand, sich hochwindende Frauenstimme, eingebettet in wirren Orchesterklang.

Der Sohn, der die Aufnahme anhand des Textbuches verfolgte, sah auf. »Hältst du das denn aus?«

»Du glaubst gar nicht, was ich alles aushalte.«

Die Frauenstimme verklang, die Musik beruhigte sich. Düstere Bässe, zarte, flirrende Orchesterstimmen darüber. Das gefiel Grewe schon besser. »Um was geht's da?«

»Dritter Akt, zweite Szene, Waldweg am Teich. Wozzeck bringt die Marie um.«

»Weil sie mit dem Tambourmajor was angefangen hat.«

»Gut, Alter. Du bist ja richtig gebildet.«

»Schwätzer. Den Wozzeck hab' ich schon auf dem Theater gesehen, als du noch in die Hosen geschissen hast.«

Der Sohn lächelte unverschämt, rieb sich das unrasierte Kinn. Grewe hörte zu, die Sache begann, ihn zu interessieren, der Text, und merkwürdigerweise auch die Musik.

WOZZECK: Weißt noch, Marie, wie lang' es jetzt ist, daß wir uns kennen?

MARIE: Zu Pfingsten drei Jahre.

WOZZECK: Und was meinst, wie lang' es noch dauern wird?

Der Sohn, der Grewes Interesse spürte, ließ sich herab, ihm das musikalische Konzept der Szene zu erklären: »Invention über einen Ton (H).« Er könne ihm das nicht in allen Einzelheiten erläutern, dazu brauche man die Partitur. »Aber vielleicht kapierst du's am Schluß, da gibt's zweimal, wenn der Wozzeck ihr das Messer in den Hals gestoßen hat und abhaut, ein wahnsinniges Crescendo. Das ganze Orchester haut voll rein, alle Instrumente auf einen Ton, alle nur auf das H. Wahnsinn ist das!«

Grewe nickte stumm.

MARIE: Wie der Mond rot aufgeht!

Grewe gefiel, wie Maries Stimme auf diesem Satz sanft nach oben glitt.

WOZZECK: Tot!

Als das Crescendo zum ersten Mal einsetzte, der Orchesterklang schier unerträglich und unerträglich lange anschwoll, bis er in Paukenschläge zerbarst, spürte

Grewe, wie seine Muskeln sich verkrampften, er hielt sich mit beiden Händen an den Sessellehnen fest. Während des zweiten Crescendos senkte sich die schwere, dunkle Wolke wieder auf ihn herab und hüllte ihn ein.

Ein Mensch war gestorben. Ein Mensch war umgebracht worden, und ein anderer hatte, als er den Mord beging, zugleich sich selbst ans Messer geliefert.

Grewe lungerte den Rest des Tages ziellos herum. Seine Frau setzte sich ein paarmal zu ihm, lächelte ihn an. »Alles okay?«

Er lächelte zurück: »Alles okay«, tätschelte ihr die Hand, suchte so schnell wie möglich das Weite, mal in den Garten, mal in die Garage.

Den Abend verbrachten sie, indem sie mit Steffi zuerst einen Kriminalfilm, dann auf dem anderen Kanal einen Western ansahen. Um halb eins ging Grewe ziemlich betrunken ins Bett. Er schlief sofort ein.

Erst am Sonntagnachmittag war er imstande, seine brütende Isolation zu überwinden und die stummen Angebote seiner Frau anzunehmen. Die Kinder waren unterwegs, er stand im Wohnzimmer und sah hinaus in den Garten, es regnete. Die kahlen Äste des Apfelbaumes lagen scharf konturiert auf dem hell und dunkel gefleckten Himmel.

Als seine Frau kam, von hinten seine Oberarme faßte und ihn sanft rüttelte: »Sag mal, Bär, dir fehlt doch nichts?«, da ließ er sich endlich freien Lauf.

Er erzählte ihr die ganze Geschichte, sagte ihr, daß er an die Lösung, die er selbst in der Zeitung beschrieben hatte, nicht glauben konnte, berichtete ihr über seine Besuche bei Gertie und in Delvos' Wohnung und fragte sie, ob sie irgendeinen Weg sehe, auf dem er jetzt noch weiterkommen könne.

»Ich weiß, daß sie mit Vornamen Lilo heißt, dreißig ist, mittelgroß und eher vollschlank, daß sie rotbraune Haare hat und grüne Augen, daß sie mit einem reichen Mann von siebenundfünfzig verheiratet ist und in einem Ministerium arbeitet, bei einem Beamten, der in einer Landesvertretung angefangen hat, und bei dem sie damals schon war, vor ihrer Heirat, vor sieben Jahren und mehr. Für die Polizei wäre das wahrscheinlich eine ganze Menge, ich nehme an, sie könnten sie finden. Aber ich sehe nicht, wie ich weiterkommen könnte.«

»Warum sagst du es nicht der Polizei?«

»Das kann ich doch nicht. Erstens einmal ist das, was ich mir überlege, vielleicht wirklich ganz absurd. Zweitens habe ich mich schon ein bißchen weit auf die Geschichte eingelassen, findest du nicht? Wenn die dahinterkämen, daß ich in Delvos' Wohnung war, das würde sicher nicht besonders erfreulich.«

»Und drittens willst du es der Polizei auch gar nicht sagen. Stimmt's?«

Grewe zuckte die Schultern. »Kann sein. Vielleicht reizt es mich, den Detektiv zu spielen?«

»Diese Frau reizt dich. Stimmt's? Gib mir mal eine Zigarette.« Sie sprach, während sie in die Flamme seines Feuerzeugs hineinpaffte, weiter: »Du findest – sie faszinierend. Sie hat es – dir angetan.«

»Quatsch. Meinst du nicht, daß das ein bißchen geschmacklos wäre – die Geliebte von Delvos?«

»Aber Bär. Red doch nicht solchen Unsinn. Was hat das denn mit Geschmack zu tun? Hast du jemals einen Mann kennengelernt, der sich in einem solchen Fall am guten Geschmack orientiert hätte?«

»Also, ich fände es jedenfalls sehr geschmacklos. Außerdem weiß ich nicht, wie du auf so etwas kommst: Ich kenne diese Frau doch gar nicht.«

»Eben. Und deshalb verspürst du das dringende Bedürfnis, sie kennenzulernen.«

»Mit anderen Worten: Du rätst mir dringend, die Finger davonzulassen und zur Polizei zu gehen?«

»Sag' ich ja gar nicht. Ich glaube nicht, daß du die Finger noch davonlassen kannst.«

»Und wenn das so wäre: Was rätst du mir dann?«

Sie legte sich auf die Couch, stützte das Gesicht in die Hand, tupfte die Zigarette immer wieder sanft in den Aschbecher, obwohl die Asche längst abgefallen war. »Wie lange hat er sie gekannt?«

Grewe war verblüfft. »Das ist eine gute Frage. Delvos hat mir dazu nichts gesagt. Und ich habe vergessen, Gertie danach zu fragen. Sie hat nur gesagt, ein paar Monate lang hätte diese Frau ziemlich oft bei Delvos angerufen. Halt, sie hat ein Datum genannt: Auf seinem Schreibtisch steht solch ein Strauß, künstliche Blumen, weißt du, mit Äpfelchen und sonst noch was. Wenn ich Gertie richtig verstanden habe, hat er ihn am 20. Juli von dieser Frau bekommen.«

»Es war also vorher.« Sie zog an der Zigarette, sah dem Rauch nach, eine ganze Weile. Dann: »Bei welcher Gelegenheit kommen ein Mann wie Delvos und eine Frau wie diese zusammen?«

»Gelegenheit? Mein Gott, bei tausend Gelegenheiten. In dem Ministerium, in dem sie arbeitet, bei einem Telefongespräch, auf einem Empfang. Oder vielleicht im Theater, im Supermarkt, wie andere normale Menschen auch.«

»Stell dich nicht dümmer, als du bist.«

»Was soll das?«

»Solch ein Verhältnis, wie Delvos es hatte, ist doch in deinen Kreisen nichts Ungewöhnliches. Und in deinen Kreisen gibt es doch ganz bestimmte Gelegenheiten, bei denen solche Verhältnisse sich anbahnen. Denk doch mal nach. Wann werden denn die meisten kleinen Mädchen abgeschleppt, von dir und deinen Kollegen?«

»Sag mal, willst du mir jetzt aus heiterem Himmel eine Szene machen?«

»Ich will dir helfen, du Dummkopf. Denk doch mal nach! Es kann in diesem Ministerium passiert sein, natürlich, bei irgendeinem Besuch, den er dort machte. Es kann auch auf einem Empfang passiert sein, ihr Mann nimmt sie ja wohl immer mit.«

Grewe verstand die Anspielung, er sah sie gereizt an, sie erwiderte den Blick sehr gelassen und fuhr fort: »Aber die Wahrscheinlichkeit ist doch viel größer, daß es bei irgendeiner Feier passiert ist, bei einer Fete, auf der es ein wenig lockerer zuging.«

Grewe begann, sich die Stirn zu reiben. »Bei einer Abschiedsfeier zum Beispiel, oder bei einem Einstand.«

»Ja, das wäre schon möglich. Aber die Wahrscheinlichkeit ist noch größer, wenn du an eine Feier denkst, auf der Zurückhaltung sozusagen verboten ist. Du mußt ja bedenken, daß Delvos zu der Zeit, als es passierte, wahrscheinlich immer noch sehr in sich selbst vergraben war. Er selbst wird so, wie ich ihn kenne, nicht sehr aktiv geworden sein. Es müßte also eine Gelegenheit gewesen sein, bei der sie scharf an ihn herangehen konnte, ohne unangenehm aufzufallen.«

Grewe starrte sie an: »Weiberfastnacht.«

»Siehst du, Bär, ganz so dumm bist du doch nicht. Weiberfastnacht zum Beispiel in diesem Ministerium.«

Sie drückte die Zigarette aus. Grewe sprang aus seinem Sessel hoch, ging ins Arbeitszimmer, wählte Gerties Nummer. Sie war zu Hause.

»Gertie, hier ist Grewe, geht's ein bißchen besser?«

»Ach ja, ein bißchen.«

»Na, sehen Sie. Gertie, ich hab' noch eine Frage, aber Sie dürfen sich jetzt nicht wieder so aufregen.«

»Nein, tu' ich bestimmt nicht.«

»Gertie, wissen Sie, wo Delvos vergangene Weiberfastnacht war?«

Sie schluckte einmal schwer. »Wie kommen Sie ausgerechnet darauf?«

»Das war nur so ein Gedanke.«

»Er ist mittags um zwei weggefahren, nachdem sein Kommentar aufgenommen war. Er hat gesagt, er muß nur noch schnell ein paar Unterlagen abholen. Wir wollten feiern. Ich hatte das Büro geschmückt und Schnittchen gemacht. Er hatte selbst ein Fäßchen Bier besorgt. Die Leute von unserem Flur sind dann auch alle gekommen. Aber er hat sich nicht mehr sehen lassen.«

»Wissen Sie, wohin er gefahren ist?«

»Ja, sicher. Er ist zu diesem Ministerialdirigenten gefahren, der mit der Terroristenbekämpfung zu tun hat, wie heißt er noch?«

»Nesselrath.«

»Ja, Dr. Nesselrath.«

»Gertie, schönen Dank. Ich lass' mich morgen wieder bei Ihnen sehen.«

Grewe legte auf, griff zum Handbuch der Bundesregierung, schlug die Seite auf, auf der Nesselrath mit Foto, Amtsbereich und Lebenslauf verzeichnet stand. Ja, Nesselrath hatte vor sieben Jahren noch in einer Landesvertretung gearbeitet. Grewe ging zurück ins Wohnzimmer.

Seine Frau lag auf dem Sofa, den Kopf in der Armbeuge. Sie sah ihn ruhig an: »Na?«

»Alle Hochachtung, Gisela. Es ist Nesselraths Sekretärin, ich bin ganz sicher.«

10

Am Montagmorgen war Grewe schon um neun Uhr in seinem Büro. Das Pressehaus lag noch still, die meisten Sekretärinnen kamen erst gegen zehn. Grewe überflog die Zeitungen, sah hastig die Termine durch, um die er sich an diesem Tag kümmern mußte, fluchte, weil er voraussah, daß seine Redaktion mindestens zwei Geschichten von ihm würde haben wollen. Dann wählte er das Ministerium an. Er fragte das Mädchen in der Zentrale nach Nesselraths Durchwahlnummer, notierte sie in seinem Notizbuch hinter Nesselraths Namen, den er schon vorher aufgeschrieben hatte, und ließ sich verbinden.

Eine Frauenstimme, eher dunkel, voll: »Vorzimmer Dr. Nesselrath, Lilo Steinkamp.« Er notierte, während er sich vorstellte und fragte, ob Nesselrath zu sprechen sei, den Namen.

»Um was geht es, Herr Grewe? Können Sie mir ein Stichwort sagen?«

Grewe zögerte einen Augenblick. Dann widerstand er der ungeduldigen Versuchung und sagte lediglich, er wolle eine Geschichte über das Thema Terroristenbekämpfung schreiben.

»Ich höre mal eben, einen Augenblick bitte, Herr Grewe.«

Grewe fingerte nach seinen Zigaretten. Er merkte, daß er den Hörer wie gebannt ans Ohr preßte, lockerte den schmerzhaften Druck. »Herr Grewe, ich kann jetzt verbinden.«

Nesselrath fühlte sich offenbar sehr animiert durch Grewes Interesse. »Ich finde das sehr gut, Herr Grewe, wirklich. Ich würde mich freuen, wenn ich ein bißchen dazu beigetragen hätte, Sie von der Wichtigkeit des Themas zu überzeugen. Wie wollen wir es also machen, wollen Sie mal zu mir kommen, ich könnte Ihnen ein paar grundsätzliche Informationen über die Gesamtzusammenhänge geben, ich könnte auch schon ein paar Unterlagen für Sie bereitlegen, und wenn Sie dann spezielle Fragen haben, könnte ich Sie an den einen oder anderen meiner Mitarbeiter weiterleiten, aber ich stehe natürlich auch selbst zu Ihrer Verfügung, wenn Sie es für nötig halten, dieses Problem ist weiß Gott alle Mühe wert.«

Grewe sagte, daß er am liebsten sofort käme, bevor er mit der aktuellen Arbeit beginnen müsse.

»Sofort, mhm. Warten Sie, ich sehe mal nach.« Grewe hörte Blätter rascheln. »Es ginge, Herr Grewe. Ich habe um elf eine Besprechung beim Herrn Staatssekretär, aber bis dahin könnte ich Ihnen ja doch das Wichtigste gesagt haben. Ich weiß nicht, wo haben Sie Ihr Büro, wie lange werden Sie brauchen?«

Grewe sagte, er werde in einer knappen halben Stunde bei ihm sein. Er legte seiner Sekretärin einen Zettel auf den Schreibtisch. Es waren neunzehn Minuten vergangen, als er die beiden Ausweiskontrollen für die Besucher des Ministeriums hinter sich gebracht hatte und im Fahrstuhl zu Nesselraths Büro emporfuhr.

Lilo Steinkamp telefonierte, als er das Vorzimmer betrat. Sie lächelte ihn an, hob entschuldigend und zugleich fragend die Augenbrauen, wies mit der Hand auf den Sessel neben der Tür.

Grewe nickte, ließ sich nieder, zog mit feuchten, kalten Händen seine Zigaretten heraus, hatte sich fast schon eine in den Mund gesteckt, als er stockte. Er hob fragend das Päckchen hoch. Sie nickte, nachdrücklich bejahend, mit sich spitzenden Lippen, deutete dann in einer stummen, lächelnden Erklärung auf ihre Schreibtischplatte. Grewe sah, daß ein Päckchen Zigaretten und ein Feuerzeug vor ihr lagen.

Er stand auf, trat an den Schreibtisch, öffnete ihre Zigarettenpackung, lockerte eine Zigarette, hielt sie ihr mit der Linken entgegen und bot ihr mit der Rechten gleichzeitig sein eigenes Päckchen an, aus dem er eine Zigarette halb herausgeschüttelt hatte. Sie sah ihn an, ein wenig überrascht, aber nicht abweisend. Grewe hielt ihre grünen Augen fest, sie ließen sich festhalten, zwei, drei sich dehnende Sekunden lang. Dann faßte sie nach seiner Rechten, ihre Hand war klein, fleischig, kühl, glatt, sie drehte seine Rechte so, daß sie seine Zigarettenmarke erkennen konnte, verzog das Gesicht, schüttelte den Kopf, lächelte, ließ seine Rechte wieder los und nahm die Zigarette aus ihrem eigenen Päckchen, das er ihr noch immer entgegenhielt. Nachdem er ihr Feuer gegeben hatte, mit ihrem Feuerzeug, blies sie den ersten Zug von sich, mit gespitztem Mund, hielt dann den Telefonhörer zu und sagte: »Herr Dr. Nesselrath telefoniert noch, haben Sie ein bißchen Zeit?«

»Viel. Sehr viel Zeit.«

Dieses Mal versuchte sie, seine Augen festzuhalten, und er spielte ohne jede Reserve mit, ließ sich tief in die grünen Lichter hineinsinken. Der Blick dauerte nicht viel länger als der erste, sie brach ihn lächelnd ab, sah, während sie weiter telefonierte, zum Fenster hinaus, aber Grewe wußte, daß sie weder verwundert noch unangenehm berührt war.

Er ließ sich wieder in dem Sessel nieder. Er betrachtete sie aus der Distanz, in der Gewißheit, einer beglückenden Gewißheit, daß sie sich seines Blickes ständig bewußt war, obwohl sie nicht mehr zu ihm herübersah. Sie trug eine in Weiß und Hellblau kleingemusterte Bluse, ein in Rot und Blau gemustertes Halstüchlein mit einer seitlich angebrachten Schleife, ein sportlich abgesteptes dunkelblaues Jäckchen. Grewe konnte ihre Beine nicht sehen.

»Ich muß jetzt mal Schluß machen. Mach's gut, Monika, ich meld' mich vielleicht heute nachmittag noch mal. Tschau!« Sie legte den Hörer auf und sah ihn an. »Sie sind Herr Grewe.«

»Ja. Und Sie sind Frau Steinkamp.«

»Donnerwetter, Sie sind aber gut informiert.«

»Sie haben Ihren Namen genannt, als wir telefonierten. Außerdem steht er an der Tür.«

»Ach, wissen Sie, mit Journalisten habe ich da schon tolle Sachen erlebt. Bei manchen habe ich den Eindruck, daß die eine Sekretärin überhaupt nicht wahrnehmen.«

»Sie müssen immer die falschen kennengelernt haben.«

Sie lächelte. »Und Sie sind also ein richtiger?«

»Ein richtiger was?«

»Journalist.«

»Ich hoffe sehr.«

Sie zog den Blick sanft von ihm weg, sah auf ihren Telefonapparat. Das Licht war erloschen. »Er hat aufgelegt, ich kann Sie jetzt anmelden.« Sie stand auf.

Grewe erhob sich sofort.

Sie war etwa einen halben Kopf kleiner als er. Sie trug einen dunkelblauen Rock, sportlich wie das Jäckchen. Er widerstand der Versuchung, auf ihre Beine zu sehen, aber er wußte, daß ihre Schenkel kräftig waren. Sie kam auf ihn zu, auf dem Weg zu Nesselraths Tür. Sie ging nicht sehr schnell, sie sah ihn an. Er sah auf ihre rotbraunen, lockigen, schimmernden Haare. Er glaubte, ein sehr zartes Parfum wahrzunehmen. Sie klopfte an Nesselraths Tür. Grewe sah das kräftige Gesäß unter der schlanken Taille, die glänzenden, glatt auf den Schenkeln sitzenden Strümpfe.

Nesselrath hielt ihn fast eine Stunde lang fest, bei Kaffee und Plätzchen. Er ließ nichts aus, buchstäblich nichts, sprach über die russischen Anarchisten des 19. Jahrhunderts, zitierte Bakunin und Kropotkin, zitierte Marighela und das Handbuch der Guerilleros von São Paulo, Rudi Dutschke und die APO-Zeitschrift »Charly kaputt«, reichte Grewe Papiere über den Schreibtisch, eine Zusammenstellung aller Flugzeugentführungen, Ablichtungen zweier primitiver Anleitungen zum Bombenbasteln – »Für achtzig Pfennige baut man einen einfachen Molotow-Cocktail« –, andere Flugblätter aus dem Untergrund, den Wortlaut des neuen Paragraphen 129a des Strafgesetzbuches, das Protokoll der letzten Debatte des Bundestages über die innere Sicherheit.

Am Ende, nachdem er sein Füllhorn über Grewe entleert hatte, schien er alles wieder einsammeln zu wollen. Er betonte, daß es sich um höchst vertrauliche

Informationen und höchst brisante Materialien handele, die eigentlich überhaupt nicht veröffentlicht werden dürften.

Grewe, in höchster Ungeduld, versicherte ihm das, was er hören wollte: Er werde natürlich nichts veröffentlichen, ohne sich zuvor noch einmal mit ihm abgestimmt zu haben.

Während der Abschiedsfloskeln überlegte Grewe angestrengt, wie er es verhindern könne, daß Nesselrath ihn bis zur Tür des Vorzimmers begleitete, vielleicht dachte Nesselrath gar nicht daran, aber es konnte durchaus sein, daß er eine solche Geste im Umgang mit der Presse für erforderlich hielt. Der Himmel griff ein: Ein Telefongespräch kam an. Nesselrath entschuldigte sich, winkte, während er schon sprach, verbindlich und ermunternd zugleich hinter Grewe her, der sich mit seinen Materialien davonmachte.

Sie lächelte ihn an, als er Nesselraths Tür hinter sich schloß. »Na, das hat sich aber gelohnt, scheint mir.«

»Noch nicht.« Er trat auf den Schreibtisch zu, packte das Papierzeug darauf und sah sie an.

Sie tastete nach ihren Zigaretten, er gab ihr Feuer. Er ließ zwei Finger ein wenig abstehen und schaffte es, den Rücken ihrer Hand damit zu streifen, wie unabsichtlich. Sie blies den Rauch von sich, sah Grewe an. »Was soll das heißen: noch nicht?«

»Haben Sie heute abend Zeit? Ich möchte gern mit Ihnen essen gehen.«

Sie lachte, schüttelte den Kopf. »Gehen Sie immer so scharf ran?«

»Nicht immer.«

»Und warum jetzt?« Sie sah ihn fest an, dieses Mal sehr ernst. »Bedeutet das ein Kompliment für mich?«

»Das bedeutet es. Und mehr als das. Ich hoffe, ich erschrecke Sie nicht. Aber wenn es nicht so übertrieben klänge, würde ich sagen: Es bedeutet sehr viel mehr.«

Der Ernst in ihren Augen löste sich auf, winzige Fältchen bildeten sich an den halbgesenkten Lidern, sie schüttelte den Kopf. »Wie können Sie so etwas sagen? Vor einer Stunde haben wir uns das erste Mal gesehen.«

»Und das war schon eine verlorene Stunde, da drin.«

»Sie sind total verrückt.«

»Kann sein. Aber ich denke mir, das Leben ist verdammt kurz.« Er sah aus dem Augenwinkel, daß das Licht an ihrem Telefon wieder erloschen war. »Also, sagen Sie ja. Bitte.«

Nesselrath erschien in der Tür, er wirkte erstaunt, sogar befremdet. »Ah, Herr Grewe, Sie sind noch da? Ich hatte Sie schon an der Arbeit vermutet.« Er rang sich ein Lächeln ab.

»Der werde ich jetzt auch nicht mehr länger aus dem Wege gehen können.« Grewe packte seine Materialien, er spürte, daß Nesselrath sie beide fixierte. Sie schien davon nicht besonders berührt zu sein, wohl aber ein wenig angespannt. Die Situation war unbehaglich. »Ich habe mich nur noch einmal für den Kaffee bedankt.«

»Ah, ja. Wenn Sie dann jetzt bitte kommen wollen, Lieselotte. Ich möchte diktieren. Also, auf Wiedersehen, Herr Grewe.« Er verschwand in seinem Zimmer, ließ die Tür offen.

Sie ging, mit Stenoblock und zwei Bleistiften, an Grewe vorbei und sagte halblaut: »Rufen Sie heute nachmittag noch einmal an, nach drei.«

11

Grewe stürmte an seiner Sekretärin vorbei, die erschreckt aufsah und klagend hinter ihm herrief: »Der Wandruschka hat schon zweimal angerufen!« Er schloß die Tür seines Büros hinter sich, blieb plötzlich stehen, rieb sich die Stirn, öffnete die Tür dann wieder: »Geben Sie mir mal das Telefonbuch, bitte.«

Seine Sekretärin war nun bereits beleidigt: »Welches?«

»Das Bonner.«

Sie gab es ihm, nicht ohne zu wiederholen: »Der Wandruschka hat schon zweimal angerufen!« Er zog sich ohne ein weiteres Wort mit dem Telefonbuch in sein Büro zurück, schloß die Tür wieder.

Sechs Steinkamps waren verzeichnet, zwei davon aus Oedekoven. Aber er hatte wenig Zweifel, wer sein Mann war. *Steinkamp, Lutz, Dipl.-Ing., Industrievertret.* Er schrieb den vollen Eintrag in sein Notizbuch ab. Dann starrte er eine Weile aus dem Fenster. Er nahm zum ersten Mal wahr, daß die trüben Wolken sich in der vergangenen Nacht verzogen hatten und der Himmel strahlend blau war. Die grauen Quaderhäuser auf der anderen Seite des Tulpenfeldes schimmerten, die Fenster blitzten.

Er griff jäh zum Telefonhörer, hielt ein, legte den Hörer wieder auf, griff im Aufstehen das Telefonbuch und ging ins Vorzimmer, legte im Vorübergehen das Telefonbuch auf den Schreibtisch seiner Sekretärin. »Ich bin gleich wieder da.«

Als er schon an der Tür zum Flur war, hielt sie das Beleidigtsein nicht mehr aus, wer wußte, wann er wiederkommen würde.

»Was soll ich denn sagen, wenn der Wandruschka noch mal anruft?«

»Was will er denn?«

»Die wollen einen Leitartikel von Ihnen.«

»Einen Leitartikel? Etwa zu morgen?«

»Ja, sicher, zu wann denn sonst?«

»Ach, die können mich doch mal.« Er war schon halb auf dem Flur.

»Soll ich das Herrn Wandruschka sagen?«

»Meinetwegen.« Dann steckte er den Kopf doch noch einmal durch die Tür. »Sagen Sie ihm, ich bin noch bei diesem Nesselrath. Ich ruf' ihn später an.«

Er ging im Eiltempo die zehn Meter über den Flur zu Rohloffs Büro, ersparte sich den Umweg durchs Sekretariat, öffnete gleich die Tür, neben der in silberglänzendem Rahmen das auf mattgelbem, starkem Papier gedruckte Schild hing: Paul Rohloff, Wirtschaftskorrespondent. Er fühlte sich erleichtert, als er Rohloff am Schreibtisch sitzen sah, die mächtige Pfeife zwischen den Zähnen, in das Studium der *Financial Times* vertieft, von der er erstaunt aufsah. »Was ist los, wo brennt's?« Die Pfeife wackelte.

»Paulchen, entschuldige, wenn ich hier so reinplatze, aber mir brennt's unterm Arsch, ich bin da bei einer blöden Recherche.« Grewe merkte, daß er sich besser vorher überlegt hätte, welchen Vorwand er Rohloff nennen wollte, aber nun war es zu spät, er sprang ins kalte Wasser. »Kennst du einen Kerl, der Steinkamp heißt, er muß ziemlich reich sein, Industrievertretungen oder irgend so was?«

Rohloff nahm die Pfeife aus dem Mund. »Lutz Steinkamp?«

»Ja, ich glaube.«

»Na, da muß ich dich aber fragen, wieso du als alter Bonner den nicht kennst. Den siehst du hier doch praktisch auf jedem Empfang.«

»Tut mir leid, ich kenne ihn nicht. Schieß schon los!«

Rohloff stopfte die Pfeife nach. »Der Junge ist einer der cleversten Lobbyisten, die hier herumlaufen. Hat Geld gemacht wie Heu, und macht es immer noch. War sehr früh hier, ich weiß nicht genau, Anfang der fünfziger Jahre schon, nein, vielleicht Mitte der fünfziger. Jedenfalls hat er bei ein paar Rüstungsgeschäften kräftig abgesahnt.«

Rohloff nannte die Firma, die Steinkamp vertrat, Grewe nickte.

»Verstehst du, Sitz in der Bundesrepublik mit Filiale in Paris. Er pendelt auch immer hin und her, ist oft in Paris. Ich bin ihm da schon begegnet. Eine undurchsichtige Type, er wirkt ein bißchen gewalttätig, kann aber auch sehr gemütlich sein. Übrigens kein Blödmann, nicht nur so ein Moneymaker. Er ist Diplomingenieur, wenn ich mich nicht irre.«

»Wie alt?«

»Mitte, Ende Fünfzig.« Rohloff hielt ein Streichholz an die Pfeife, paffte. »Und mit einer jungen Frau verheiratet, seit ein paar Jahren. Er hat ziemlich flott herumgemacht, als Junggeselle. Ich bin auch nicht sicher, ob er's seit der Heirat gelassen hat. Ich kenne mindestens zwei . . . nein, mindestens drei Mädchen, die mit ihm zusammen waren. Eine arbeitet hier im Haus, hat eine Weile sehr gelitten, nachdem er sie abgehalftert hatte. Er sieht ganz gut aus, immer noch. Ich weiß zwar nicht, was das bedeutet, aber ich glaube, er ist ein Frauentyp.«

»Und die Frau?«

»Auch kein Kind von Traurigkeit, wenn du mich

fragst. Ein richtiger Feger, jedenfalls sieht sie so aus. Sehr attraktive Person.« Rohloff sah aus dem Fenster, paffte. »Allerdings, ich hab' nie was gehört, daß sie einen Kerl nebenbei hätte. Würde mich auch wundern. Wenn du mich fragst«, er wandte sich Grewe zu, »ich tät's mal gern mit ihr. Aber ich würde mir das dreimal überlegen. Nicht bei Lutz Steinkamp, verstehst du. Wenn du dem was klauen willst, mußt du schon ziemlich stabil gebaut sein. Der Junge kann gefährlich werden, da bin ich ganz sicher.«

Grewe nickte.

»Sag mal, wozu brauchst du das eigentlich?« Rohloff nahm die Pfeife aus dem Mund und sah Grewe prüfend an.

»Ach«, Grewe zuckte die Schultern, »weißt du . . . meine Redaktion hätte gern eine Geschichte über Lobbyisten, wenn's geht, sogar eine Serie.«

»Und wie bist du auf Lutz Steinkamp gekommen?«

»Ich bin gar nicht draufgekommen, ich hab' ihn ja nicht gekannt. Irgend jemand in der Redaktion hatte den Namen schon mal gehört.«

Rohloff zog an der Pfeife. »Sag mal, wieso leisten die sich eigentlich einen teuren Korrespondenten wie dich, wenn sie mehr wissen als du?«

Grewe lachte und ging zur Tür hinaus. »Arschloch.« Er sah zurück. »Ich bin viel Geld wert, weil ich dich kenne, verstehst du? Danke dir.«

Er betrat sein Büro mit den Worten: »Ich weiß schon, Herr Wandruschka hat wieder angerufen«, durchquerte das Vorzimmer und hatte die Tür schon halb hinter sich geschlossen, als seine Sekretärin das Telefonbuch hochhob und es mit einem Schwung, der ihn überraschte, auf den Aktenbock warf. Ein paar Drucksachen regneten herunter. Er sah durch die Tür zurück. »Frau Honold, bitte! – In zehn Minuten können Sie mich mit ihm verbinden, okay?«

Er schloß die Tür, ließ sich an seinem Schreibtisch nieder, streckte die Beine aus, zündete sich eine Zigarette an. Er fixierte den kleinen roten Frosch aus Holz, ein Geschenk, in dessen Klemmenmaul er Notizen über wichtige Dinge hätte aufbewahren können, wenn sein Job ihm je die Zeit gelassen hätte, sich die wirklich wichtigen Dinge zu notieren, um sie nicht zu vergessen. Das Maul des Frosches war leer. Fünf, sechs Minuten saß Grewe vor dem Frosch. Er wollte nachdenken über das, was zu tun war. Aber er dachte immer nur an Lilo Steinkamp.

Dann fuhr er hoch und griff zum Telefon. Er rief Gertie an, fragte sie, wie es ihr gehe, und fragte dann sehr bald, ob sie die Nummer von Dr. Kleiber in Paris wisse. Sie suchte sie aus ihrem Telefonverzeichnis heraus, er ließ sich auch noch die Vorwahlnummer geben. Er sagte Gertie, er komme später noch einmal bei ihr vorbei, drückte mit dem Finger kurz die Gabel ein und wählte, langsam und sorgfältig, Kleibers Nummer. Er kam sofort durch.

Die Stimme einer jungen Frau, ziemlich hell: »Allô?«

Er zögerte den Bruchteil einer Sekunde, weil er glaubte, er habe sich verwählt, sagte dann aber: »Hier ist Grewe in Bonn, ich hätte gern Herrn Dr. Kleiber gesprochen«, und als er auf der anderen Seite eine leichte Unsicherheit spürte: »Je voudrais parler à Monsieur Kleiber«, wobei er lächerlicherweise »Klejbähr« sagte. Die junge Frauenstimme sagte: »Un moment, s'il vous plaît.« Der Hörer wurde abgelegt. Grewe sah auf seine Uhr. Wandruschka ante portas.

Dann auf der anderen Seite das sonore Organ des Rundfunkkorrespondenten: »Kleiber?«

»Hier ist Grewe in Bonn, guten Tag, Herr Kleiber.«

»Herr Grewe, das ist aber nett! Wie geht's Ihnen, haben Sie den Schock einigermaßen überwunden?«

Grewe fragte sich, ob Kleibers Augenlid zuckte. Er beteiligte sich am Austausch der allernotwendigsten Floskeln, schnitt diesen Unsinn dann ab, weil er wußte, wie gespannt Kleiber darauf wartete, daß er ihm den Grund seines Anrufs enthüllte.

»Herr Kleiber, seien Sie mir nicht böse, wenn ich Sie belästige, aber unser Mann liegt ja noch im Krankenhaus, und ich bin bei einer ziemlich eiligen Recherche.«

»Ja?« Alle Routine des Organs konnte die Spannung nicht verdecken.

»Ich arbeite an einer Geschichte über Lobbyisten in Bonn, und dabei bin ich auf einen Mann gestoßen, über den Sie mir vielleicht etwas sagen können. Er heißt Lutz Steinkamp, ist 57 Jahre alt und soll oft in Paris sein. Kennen Sie ihn vielleicht?«

»Lutz Steinkamp? Aber natürlich kenne ich Lutz Steinkamp. Ich sehe ihn jeden Monat mindestens einmal, er ist ja sehr oft hier, hat auch eine Wohnung hier.«

»Können Sie mir die Adresse sagen?«

»Aber natürlich.« Kleiber rief, halb abgewandt, irgend etwas, das wie »Mado« klang, mit der Betonung auf der zweiten Silbe. Dann wurde die Muschel abgedeckt, Grewe hörte nur noch brabbelnde Laute. Dann war Kleiber wieder klar zu verstehen.

»Ich lasse die genaue Adresse eben heraussuchen. Was ich Sie noch fragen wollte, Herr Grewe . . . Herr Grewe, sind Sie noch einmal von der Polizei vernommen worden?«

»Von der Polizei? Sie meinen, hier in Bonn?«

»Ja, oder auch in Paris, wir haben uns ja leider nicht mehr gesehen . . .«

»Nein. Ich bin nicht mehr vernommen worden. Warum meinen Sie?«

»Ach, es hätte ja sein können. Weil Sie doch der letzte waren . . . Ich denke da auch an dieses Päckchen. Sie sind doch mit Delvos hochgefahren, im Aufzug, als er es bei sich trug. Es hätte ja sein können, daß die Polizei Sie noch einmal danach gefragt hat.«

»Nein.« Grewe spürte, daß er wieder an den gleichen Punkt geraten war wie in Paris, als Kleinschmidt in sein Gespräch mit Kleiber hineinplatzte. Er versuchte, sich zu konzentrieren, aber diesmal brach Kleiber in seinen Gedankengang ein. Kleiber sagte, halb abgewandt: »Merci, chérie«, und dann: »Herr Grewe, hier habe ich die Adresse, mit Telefonnummer, wollen Sie notieren?«

Grewe notierte die Adresse und die Telefonnummer. Er versuchte unterdessen noch einmal angestrengt, das herauszufinden, was ihn beunruhigte, aber es gelang ihm nicht. Und dann erst merkte er, daß er sich von seiner Frage hatte ablenken lassen.

»Herr Kleiber, mich interessiert da noch ein Punkt, und ich will Ihnen versichern, daß ich Ihre Auskunft, wenn Sie mir eine geben können, nicht mißbrauchen werde. Und Sie können mir auch sagen, Sie wissen nichts darüber, und ich werde es Ihnen nicht übelnehmen.«

»Das klingt direkt spannend. Was wollen Sie denn wissen?«

»Hat Herr Steinkamp eine Freundin in Paris?«

Kleiber räusperte sich. Grewe war sicher, daß das linke Augenlid heftig zuckte. »Nun, Herr Grewe, das ist wirklich eine delikate Frage. Und meine Antwort wird Sie davon überzeugen, daß ich Sie schätze, Herr Grewe, und für einen honorigen Mann halte. Ja, er – kennt eine junge Dame hier. Mehr kann ich Ihnen aber wirklich nicht sagen. Ich bitte Sie da um Ihr Verständnis. Ich bin gut bekannt mit Lutz Steinkamps Frau, er hat sie ja früher sehr oft hierher mitgebracht. Eine reizende Frau, um nicht zu sagen, eine hinreißende Frau. Es wäre mir sehr unangenehm, wenn ihr durch irgendeine Indiskretion Kummer bereitet würde.«

»Aber natürlich. Sie können sich auf mich verlassen, Herr Kleiber.«

»Ich danke Ihnen, Herr Grewe.«

»Nur vielleicht das noch, Herr Kleiber: Kann es sein, daß Herrn Steinkamps Freundin Anfang Zwanzig ist, mittelgroß, gut proportioniert, daß sie brünette, schulterlange Haare hat und blaue Augen?«

Grewe hörte eine ganze Weile nichts mehr, er dachte schon, die Verbindung sei unterbrochen: »Herr Kleiber, sind Sie noch da?«

Das Organ war nicht mehr ganz so sonor. »Ja, ja. Wie kommen Sie auf diese Beschreibung?«

Grewe zögerte einen Augenblick, aber dann wurde ihm auf unbestimmte Weise bewußt, daß er auf einen entscheidenden Punkt des Rätsels gestoßen war, den es anzugreifen lohnte: »Ich habe mich erkundigt, verstehen Sie?«

»Ja.« Kleibers Stimme klang sehr schwach.

»Stimmt die Beschreibung?«

»Ja. Im großen und ganzen . . .«

Grewe überlegte angestrengt, wie er den unerwarteten

Vorteil ausnutzen könne, aber ihm fiel kein neuer Ansatzpunkt ein. Und zu seiner Überraschung legte Kleiber ohne Abschied auf.

Grewe betrachtete seinen Telefonhörer eine Weile, legte ihn dann auf die Gabel. Er hatte sich gerade eine Zigarette angezündet, als seine Sekretärin die Tür öffnete und hereinschaute, mit einer Miene, die unsägliches und unter gar keinen Umständen mehr gutzumachendes Leid ausdrückte. »Vor drei Minuten sollte ich Sie mit Herrn Wandruschka verbinden. Und mittlerweile hat er selbst noch einmal angerufen.«

Grewe seufzte. »Es tut mir leid, Frau Honold, wirklich. Holen Sie ihn mir.« Sie nickte bitter, schloß die Tür. Grewe starrte angewidert auf sein Telefon. Als die Lampe aufleuchtete, die ihm anzeigte, daß sie die Redaktion anwählte, fuhr er plötzlich hoch, schrie laut: »Noch nicht, einen Augenblick noch!«, nahm selbst den Hörer ab, schlug mit fliegenden Fingern sein Notizbuch auf und wählte über die zweite Leitung die siebenstellige Nummer.

Da war sie, die dunkle, volle Stimme, und sie versetzte ihm einen Schlag in den Magen, der ausstrahlte bis in die feinsten Enden seines Körpers. »Vorzimmer Dr. Nesselrath, Lilo Steinkamp.«

Grewe sah auf die Sprechmuschel hinab, und er lächelte, ein verzücktes Lächeln, das er niemand hätte sehen lassen mögen, hätte er selbst es gesehen. »Ich weiß, daß es noch eine lange Zeit ist bis drei. Aber ich weiß auch, daß das Leben viel zu kurz ist, als daß wir uns noch mit irgendwelchen Lappalien aufhalten dürften. Du mußt mit mir essen gehen heute abend, hörst du? Du hast gar keine andere Wahl.«

Die volle dunkle Stimme begann zu lachen, sie lachte

eine ganze Weile. Grewe hörte zu, und er hörte, daß sie ihn nicht auslachte, sondern daß er schon am Ziel war. Lilo Steinkamp sagte: »Sie sind total verrückt.«

»Das bin ich. Und das hast du gemacht, und deshalb mußt du jetzt die Konsequenzen ziehen, ob du willst oder nicht.«

Ein Seufzer, lang gezogen, halb noch unter Lachen. Dann, so leise, daß er es gerade noch verstand, zu seinem unsäglichen Entzücken: »Wer sagt denn, daß ich nicht will?« Er fuhr sich mit der Rechten ins Haar, riß daran, und hörte dann plötzlich ihre Stimme in unglaublich trockenem Ton: »Ich muß jetzt Schluß machen, Monika, mein Chef kommt. Tschau!«

Er hielt den Hörer noch eine Weile fest, krampfhaft, ließ ihn dann auf die Gabel fallen. Sofort summte das Signal. Er nahm ab. Die Stimme seiner Sekretärin klang nun, als übermittle sie eine Kriegserklärung: »Ich habe Herrn Wandruschka in der Leitung, ich verbinde Sie.«

12

Grewe war sich des Risikos bewußt, aber er hatte nicht die geringsten Hemmungen, es auf sich zu nehmen. Er wußte auch, daß dieses Risiko überhaupt nicht auszuschalten war. Er hätte mit Lilo Steinkamp nach Bad Honnef fahren können, oder ins Bergische Land, oder nach Köln, oder nach Bad Neuenahr. Wo immer er sie ausführte, es war überall möglich, daß irgend jemand, der ihn kannte, am Nebentisch saß und ihn und seine neue Freundin mit Interesse beobachtete.

Bonn, das Bonn, dem Grewe angehörte, war überall. Es war jedenfalls überall in der Reichweite eines Abstechers zum Abendessen.

Unter diesen Umständen war es nur konsequent, daß sie sich am Ausgang der Marktgarage verabredet hatten, mitten im belebten Zentrum der Hauptstadt. Grewe hatte ihr ein italienisches Restaurant vorgeschlagen, das nur wenige Schritte von dort entfernt lag. Er hatte, nachdem die beiden an diesem Tag unabweisbaren Geschichten fertig waren und bevor er mit dem Leitartikel begann, seine Frau angerufen und ihr gesagt, es könne später werden, er müsse noch Leitartikel schreiben und sei außerdem anschließend mit Nesselrath verabredet. Warum mit dem? Weil er nun doch was Größeres über den Terrorismus schreiben wolle und weil Nesselrath ihm Informationen und Material angeboten habe.

Wahrheit, Wahrheit. Was ist Wahrheit? War es etwa ganz unwahr, was er seiner Frau sagte?

Grewe, der eine Viertelstunde vor der verabredeten Zeit in die Tiefgarage unter dem Markt gefahren war, stand um dreizehn Minuten vor acht am Kopf der Ausgangstreppe auf dem freien Platz, den klaren, schwarzen Novemberhimmel über sich, blitzende Sterne, stützte sich auf das Geländer und schaute die Treppe hinunter. Es waren fast nur Paare, die aus der Garage in den Abend emporstiegen. Er widerstand der Versuchung, sich eine Zigarette anzuzünden.

Muß man eigentlich immer rauchen, wenn man eine Frau erwartet?

Er lehnte sich mit dem Rücken an das Geländer, betrachtete die erleuchtete Fassade des Rathauses, die Freitreppe, die gegliederten Fenster, dieses bescheidene

Stück Architektur, das er so sehr liebte, daß er hoffte, er werde es auch im Grabe nicht vergessen. Er wandte sich um, sah in die schmale Sternstraße hinein, die von Lichtern und Transparenten glühte. Schwarze Schatten schoben sich in ständigem Wechsel davor, Gruppen, Einzelgänger. Es wurde ihm heiß bei dem Gedanken, daß sein Sohn Klaus oder seine Tochter Jutta mit ihren Freunden des Weges kommen und ihn an dieser Treppe, wartend, entdecken könnten. »Was machst du denn hier, Alter?«

Ja, was machst du hier, Alter?

Er zündete sich eine Zigarette an, wandte sich um und blickte wieder über das Geländer nach unten. Niemand kam herauf. Der Gedanke, daß sie die Verabredung nicht einhalten werde, schnürte ihm das Herz ab.

Er konnte danach erst allmählich wieder Luft fassen. Aber eine Frage, bohrend, blieb in ihm zurück: Wie war es eigentlich zu verstehen, daß sie dieses Risiko nicht scheute, das für sie, nach allem, was er wußte, vielleicht sogar größer und mit Sicherheit viel gefährlicher sein mußte als für ihn?

Um zwei Minuten nach acht erschien sie am Fuß der Treppe, ohne Mantel, in einem braunen Wildlederkostüm, darunter ein dunkelbrauner Pullover. Er erkannte sie von oben an dem Helm rotbrauner Locken, sah einen goldenen Halsschmuck aufblitzen. Nach der dritten, vierten Stufe wandte sie ihr Gesicht nach oben, sah ihn. Ein Lächeln brach hervor auf ihrem Gesicht, so offen, so bereit, so sehr ihm, ihm allein entgegengewandt, daß ein überwältigendes Glücksgefühl alle seine kleinlichen Überlegungen fortschwemmte.

Er hatte einen Tisch bestellt, in einer Ecke, in der er schon einige Male gesessen hatte. Er beobachtete sie von der Seite, während der Oberkellner ihnen voranging, ihr den Sessel zurückzog. Das Restaurant war gut besucht. Sie zeigte keine Reaktion. Sie schien niemanden zu kennen. Er entdeckte, während er sich setzte, zwei Tische weiter einen jüngeren Kollegen von einer Nachrichtenagentur, er sah zu ihnen herüber, grüßte, Grewe erwiderte den Gruß, verneigte sich leicht vor der Frau des Kollegen, die alsdann Lilo ins Visier nahm.

Nachdem er bestellt hatte, sank er in seinen Sessel zurück und sah sie an, schweigend. Sie lachte. »Ihr Charme hat Sie aber gründlich verlassen.«

»Was habe ich falsch gemacht?«

»Sie haben nichts gemacht, das ist es ja eben.«

»Ich bin überwältigt. Daran wird's liegen. Ich ringe noch nach Atem.«

»Wie alt sind Sie?«

»Zweiundvierzig.«

»Und immer noch so verrückt?«

»Es sieht so aus.« Ihm fiel eine Schallplatte ein, eine von Juttas Favoriten, auch seine Frau mochte sie sehr. Paul Simon, »Still crazy after all these years.« Noch immer so verrückt, nach all den Jahren. Er fragte sie, ob sie die Platte kenne.

»Natürlich, ein richtiger Ohrwurm. Ich hab' sie selbst. Aber da ist die Rede von einer ganz alten Bekanntschaft. Nicht von etwas Neuem. Sie sind verheiratet?«

»Ja.« Er griff, überrascht und unwillkürlich, nach dem Finger der Rechten, an dem er schon seit langem den Ring nicht mehr trug.

Sie lachte, reichte über den Tisch herüber, zog die Hand zu sich heran und besah sich den Ringfinger. »Nichts. Man sieht nichts mehr. Das muß schon lange her sein.« Sie ließ die Hand los.

Er griff sofort nach der ihren, bettete sie auf den Tisch, breitete die Finger seiner Rechten leicht darüber.

Sie sah ihn an, stumm, eine ganze Weile lang. Ihre Hand unter seinen Fingern hob sich ein wenig, bewegte sich ein wenig hin und her, sie streichelte mit ihrem verborgenen Handrücken seine Innenhand auf eine Art, die ihn sein Blut in einem mächtigen Stoß spüren ließ.

Der Kellner brachte den Wein. Sie ließ ihre Hand unter der seinen liegen. Er nahm das Glas mit der Linken. Sie lachte, trank mit ihm. Dann, als sie ihr Glas absetzte: »Und wie sind Sie verheiratet? Glücklich?«

Er atmete einmal durch. »Ja. Sehr.« Er zögerte einen Augenblick. »Ich bin mir nicht sicher, ob meine Frau das genauso sieht. Aber ich bin mit ihr sehr glücklich.«

»Kinder?«

»Drei.«

Sie nickte. Er preßte seine Hand für einen Augenblick schwer auf die ihre, sie erwiderte den Druck.

»Und Sie?«

»Was meinen Sie?«

»Sie sind auch verheiratet?«

»Ja.«

»Und?«

Sie lächelte. »Nicht sehr glücklich.«

Als der Kellner die Vorspeisen brachte, zog sie ihre Hand sanft zurück, flüsterte ihm zu: »Sie kommt nachher wieder, ja? Es ist nur, weil ich mit einer Hand nicht essen kann«, und platzte in Lachen aus.

Sie war es, die, während sie aßen, das Thema anschnitt, das er völlig vergessen hatte, er merkte es mit Verblüffung.

»Dr. Nesselrath hat mir gesagt, daß Sie bei dieser schrecklichen Geschichte in Paris dabei waren?«

»Ja.« Er sah auf seinen Teller. Er merkte, daß er nicht die geringste Vorstellung hatte, wie er jetzt taktieren sollte, taktieren mußte, wenn er das Ziel, das er vorübergehend aus den Augen verloren hatte, überhaupt erreichen wollte.

»Das muß schrecklich gewesen sein?«

»Ja.«

»Stimmt es, daß Sie als letzter mit Ihrem Kollegen zusammen waren? Und daß Sie ihn gefunden haben . . . nach dieser Explosion?«

»Ja.« Er sah auf. Sein Spürtrieb war plötzlich wieder erwacht, schüttelte sich gähnend, und er wußte, daß er ihm nachgeben, daß er alles andere vergessen, daß er jedes Mittel einsetzen würde, Lüge, Heuchelei, List und Betrug, Brutalität, um die Wahrheit herauszufinden.

Er trank einen Schluck Wein. »Das war gar nicht schön. Er war ein netter Kerl, wissen Sie, Claus Delvos. Dieser Kollege, den es da erwischt hat. Er war ein sehr netter Kerl, aber davon war nichts mehr vorhanden, nichts mehr wiederzuerkennen, nachdem das Ding krepiert war. Ein Haufen von Überresten, blutig, verdreht und zerfetzt, von Mörtelbrocken und Staub übersät, Überreste in einem gestaltlosen Kleiderbündel, das war es, was von diesem netten Kerl übriggeblieben ist.«

Er hatte sie nicht aus den Augen gelassen, während er sprach. Sie hatte ihm mit großen Augen zugehört, zog jetzt die Brauen zusammen, schüttelte den Kopf. »Schrecklich!« Sie senkte das Gesicht, er forschte angestrengt nach irgendeiner Regung, irgendeinem mühsam zurückgehaltenen Reflex der großen Liebe, die sie mit Delvos verbunden hatte. Er sah nichts, spürte nichts. Sie mußte über eine ganz ungewöhnliche Selbstbeherrschung verfügen.

Sie hob die Augen wieder. »Dr. Nesselrath hat mir gesagt, daß Sie ebensogut hätten sterben können. Ich meine, wenn er . . . Ihr Kollege, meine ich, das Päckchen schon im Aufzug geöffnet hätte. Die Bombe war ja doch in diesem Päckchen?«

»Ja, das war sie wohl. Ich hätte mit ihm zusammen draufgehen können, das stimmt. Die Ladung hätte für mehr als zwei ausgereicht.«

Sie streckte plötzlich die Hand über den Tisch. Er gab ihr seine Hand, sie bettete sie auf den Tisch, breitete die ihre darüber, streichelte sein Handgelenk sanft mit ihren Fingerkuppen. Dann, sehr leise: »Ich bin froh, daß Sie leben. Ich bin so froh, daß es Sie gibt.«

Später, als er in seinem Wagen hinter dem ihren herfuhr, zu Steinkamps Haus in dem Villenviertel am Rhein, später erinnerte er sich an das Gespräch, das er vor wenig mehr als 24 Stunden mit seiner Frau geführt hatte.

»Sie hat es dir angetan.«

»Quatsch. Meinst du nicht, daß das ein bißchen geschmacklos wäre – die Geliebte von Delvos?«

»Aber Bär. Red doch nicht solchen Unsinn. Was hat das denn mit Geschmack zu tun? Hast du jemals einen Mann kennengelernt, der sich in einem solchen Fall am guten Geschmack orientiert hätte?«

Delvos mußte einer grandiosen Selbsttäuschung erlegen sein. Diese Frau hatte ihn sicher gemocht, er hatte sie vorübergehend vielleicht sogar gereizt. Kein Wunder, in den Umständen ihrer Ehe. Aber sie hatte ihn mit Sicherheit nicht geliebt. Und das erklärte auch, warum sie sich nicht hatte scheiden lassen wollen, um seinetwillen.

Grewe hatte einige Mühe, Lilo zu folgen, sie fuhr sehr scharf in ihrem kleinen Sportcoupé, die Kandelaber der Adenauerallee flogen vorüber. Grewe sann, während er im Rückspiegel Ausschau hielt, darüber nach, wie er reagieren müßte, wäre er der Mann, als der er sich vor seiner Frau in Positur geworfen hatte, ein Mann von Geschmack, ein Mann mit einem Gefühl für Anstand.

Hätte er sich nicht von dieser Frau zurückziehen müssen, die vor wenig mehr als hundert Stunden noch eine ganze Nacht mit seinem Freund verbracht und Delvos in dem Gefühl entlassen hatte, daß sie ihn liebte, ihn allein und über alles? Hätte er nicht Zorn empfinden müssen, da sie offenbar nicht um Delvos trauerte? Zorn, tiefen Abscheu und ein Erbarmen mit seinem toten Freund?

Grewe sah Lilos Blinker aufleuchten, sie bog in die breite Einfahrt einer Doppelgarage ein. Er schaltete die Scheinwerfer und den Motor aus, ließ seinen Wagen an den Bürgersteig rollen und hielt an. Steinkamps Haus war ein sehr geräumiger Bungalow, massig und dunkel im schwachen Schein der Straßenbeleuchtung.

Grewe zündete sich eine Zigarette an. Er wartete auf das Signal, das Lilo mit ihm verabredet hatte. Steinkamp war seit fünf Tagen in Paris, er wollte morgen, Dienstag, zurückkommen. Lilo würde ihn jetzt anrufen, um sicherzugehen, daß er noch in Paris war. Sobald Steinkamp sich meldete, würde sie die Schreibtischlampe in seinem Arbeitszimmer einschalten, unter der das Telefon stand.

In einer letzten, bereits als lästig empfundenen Anstrengung versuchte Grewe, in der Dunkelheit wartend, sich über seine Gefühle und sein Verhalten

Rechenschaft abzulegen. Er empfand weder Zorn noch Abscheu noch Erbarmen.

Wenn er je Delvos' Freund gewesen sein sollte: Er empfand es nicht mehr. Delvos war tot, mausetot, wie Gertie gesagt hatte. Sollte er Mitgefühl mit Delvos haben, weil der eine Frau wie Lilo nicht verstanden hatte? Sollte er Lilo vorwerfen, daß sie hundert Stunden nach Delvos' Tod ihn, Peter Grewe, mit in ihr Bett nehmen wollte?

Er empfand nichts anderes als Triumph, nichts als ein völlig rücksichtsloses, ein schamloses Glücksgefühl. Claus Delvos war tot, mausetot, aber Peter Grewe lebte, und er hatte allen Anlaß, leben zu wollen. Er hatte über Delvos triumphiert.

Die dunkle Masse des Bungalows wurde plötzlich von einem hellen, gelblich schimmernden Viereck durchbrochen. Grewe erkannte die Stehlampe, davor Lilos Schattenriß. Er stieg aus, warf einen Blick nach beiden Seiten der Straße, drückte die Tür seines Wagens behutsam zu, schloß ab, während er seine Zigarette austrat. Er ging schnell, mit hochgeschlagenem Mantelkragen auf den Bungalow zu. Die Haustür war angelehnt. Er schloß sie hinter sich. Er blieb einen Augenblick überlegend stehen, hängte dann seinen Mantel in der Garderobe auf.

Das Haus lag dunkel. Ein weiter Wohnraum, über drei breite Stufen abwärts zu erreichen. Schwarzschimmernde, raumhohe Glasscheiben zum Garten hin, zwischen dessen Büschen ein paar Pilzleuchten brannten. Grewe ging dem Klang von Lilos Stimme nach, blieb an der offenen Tür des Arbeitszimmers stehen, lehnte sich an. Sie richtete über den Hörer hinweg ihre Augen auf ihn.

»Dann mach dir noch einen schönen Abend. – Ja. Aber geh nicht zu spät schlafen, hörst du? Und trink nicht so viel. Denk ein bißchen an deine Gesundheit. – Nein, das tue ich ja nicht. Ich mache mir nur manchmal Sorgen, das weißt du doch. – Ich? Ich werde jetzt ins Bett gehen und schlafen.« Sie lächelte, wandte den Blick von Grewe ab und senkte ihn über den Hörer wieder zu Boden. »Ja, mein Schatz, du auch. Bis morgen. – Ich freue mich auch. Gute Nacht.« Sie setzte einen Kuß in die Luft und legte auf.

Grewe stand da, an den Türpfosten gelehnt, und sah sie an. Sie löschte die Schreibtischlampe, kam zu ihm, sehr langsam, streifte unterwegs die Schuhe ab, legte das letzte Stück lautlos auf Strümpfen zurück. Sie trat ganz dicht an Grewe heran, ihr Körper berührte den seinen, ihr Bauch seinen Schenkel. Ihre Augen schimmerten, eines der Lichter aus dem Garten fing sich darin. Grewe roch ihr Parfum.

»Das ist schlimm, nicht wahr?« Sie flüsterte, die Lippen bewegten sich in ihrem vollen Fleisch. »Kannst du denn überhaupt eine Frau lieben, die so lügt und betrügt?« Er schlang – es war fast wie ein Überfall – seine Arme um sie und küßte sie. Sie öffnete sich ihm weit. Sie preßten ihre Körper aneinander, wanden sich, eine halbe, eine ganze Minute lang, sie schwankten hin und her, als ob ein Sturm an ihnen rüttelte, sie stöhnte in seine offenen Lippen hinein: »He, du – du bist ja – tatsächlich – total verrückt!«

Grewe, als er eine halbe Stunde später auf ihrem Bett sitzend nach seiner Jacke fischte und nach seinen Zigaretten suchte, Grewe fühlte sich bis in die letzte Faser von dem Gefühl seines Erfolges durchdrungen. Er sah, während er sich die Zigarette anzündete, auf sie hinab. Sie lag auf dem Rücken, einen Arm über die Stirn gebeugt, nur die Spitzen ihrer langen dunklen Wimpern waren sichtbar, die andere Hand ruhte, die Finger locker gekrümmt, auf ihrem Nabel. Ein Bein hatte sie angezogen, es fiel leicht nach außen, er konnte ein wenig von der bräunlichen Sohle des kleinen, runden Fußes sehen. In der Kniebeuge schlug das volle weiße Fleisch eine Falte.

Grewe beugte sich hintenüber, begann mit seinem Zeigefinger den Zeh zu umfahren, fuhr an der Innenseite des Fußes hoch, sie zuckte, lächelte, hielt dann wieder still, er fuhr um den Knöchel herum, den festen, runden Unterschenkel empor, versuchte, die Falte in der Kniebeuge mit zwei Fingern auseinanderzuziehen, mit einem dritten darin einzudringen, fuhr weiter, den Oberschenkel entlang.

Plötzlich schrie sie auf: »Hör auf, du kitzelst mich!«, sprang hoch, setzte über das Fußende des Bettes, hüpfte auf nackten Sohlen über den Teppichboden, zog eine Kurve im Wechselschritt, warf sich dann mit ihrem vollen, nackten Gewicht auf ihn.

Er kippte nach hinten über, schrie: »Paß auf, die Zigarette!«, hielt den Arm steil in die Höhe, sie lachte, packte ihn so fest, daß es weh tat, bei beiden Ohren und zog seinen Kopf hoch und küßte ihn.

Grewe, den die Zigarette noch immer beunruhigte, zwängte den anderen Arm zwischen seinen Hals und ihre Brust, hatte auf einmal das pralle Fleisch, die strotzende Kugel in der Hand, zwängte die Hand weiter, um ihr nicht weh zu tun, packte dann mit allen fünf Fingern ihre Schulter und warf sie mit einer jähen Kraftanstrengung von sich. Sie rollte lachend über das Bett. Er stand auf, drückte die Zigarette aus: »So, jetzt wirst du vergewaltigt. Vielleicht ermorde ich dich auch, ich muß mal sehen«, spreizte alle zehn Finger zu Klauen und senkte sich langsam auf sie hinab.

Sie schrie gellend auf, rollte sich auf der anderen Seite vom Bett hinunter und lief aus dem Schlafzimmer. Grewe wollte hinter ihr her, erlag dann aber der Befürchtung, daß er sich lächerlich vorkommen würde, wenn er ihr nackt durchs Haus nachspränge. Er stand auf, ging an die Tür und schaute auf den Flur hinaus.

Sie kam auf leisen, runden Sohlen aus Steinkamps Schlafzimmer heraus, das gegenüber lag, auf der anderen Seite des Bads. Sie hielt mit beiden Händen eine Pistole auf ihn gerichtet. »So, jetzt wollen wir mal sehen, wie das ist mit der Vergewaltigung!«

Der Scherz ging Grewe etwas zu weit, er fühlte sich, unbekleidet, in hohem Maße verwundbar. »Mach keinen Quatsch, leg das Ding weg!«

»Nein«, sie sprach feierlich und langsam, »kommt nicht in Frage. Wie ist das nun mit der Vergewaltigung, Freundchen?«

»Darüber läßt sich reden, aber leg das Ding weg, verdammt noch mal! Das ist womöglich auch noch geladen?«

»Weiß ich nicht. Wie ist das . . .«

»Jetzt langt's mir aber.« Grewe war mit drei schnellen, angsterfüllten Schritten bei ihr, wand ihr die Pistole aus den Händen.

Sie verzog den Mund: »Spielverderber!« Sie lief in ihr Schlafzimmer, warf sich aufs Bett, verschränkte beide Arme über den Augen.

Grewe ging, mit der Pistole auf der flachen Hand, ihr nach, setzte sich neben sie. Es war eine PPK siebenfünfundsechzig, der Typ, mit dem Nesselrath sich gürtete. »Gehört die deinem Mann?«

Sie gab nur einen unwilligen Laut von sich, warf dabei trotzig den Bauch hoch, die Brüste schaukelten.

Grewe sah interessiert hin, war aber noch zu erschreckt. »Weißt du, daß dein Chef das gleiche Ding mit sich herumschleppt?«

Wieder der unwillige Laut, das trotzige Aufbäumen, das das süße Fleisch sich bewegen ließ, als führe es ein eigenständiges Leben.

»Ich glaube, der hätte noch im Tode um sich geschossen, dein Chef, wenn die Bombe bei ihm gelandet wäre.«

Sie riß die Arme von den Augen weg, funkelte ihn aus den grünen Lichtern an. »Nun hör doch mal auf mit dem Mist, ich kann es nicht mehr hören! Seit Tagen erzählen mir alle Leute nur noch was von dieser Bombe!« Und dann ganz plötzlich, als ob ein wild wehender Schleier von ihrem Gesicht weggezogen worden wäre, begann sie zu lächeln, strahlte ihn an, setzte sich halb auf, in den gebeugten Arm gestützt, räkelte den Nacken ein wenig, feuchtete einen Zeigefinger zwischen den Lippen, auf der Zunge an, setzte ihn auf seine Brustwarze, ließ die Kuppe kreisen, senkte die Lider halb: »Und was ist jetzt mit der Vergewaltigung?«

Grewe, der den Finger bis weit, weit hinab in die Mitte seines Körpers spürte, spürte zugleich und zu seinem Erstaunen, daß Zorn in ihm aufbrach, und vielleicht sogar Abscheu. Er sah sie an und sagte dann plötzlich, ohne jede weitere Überlegung, ob das taktisch klug war oder nicht: »Ich glaube nicht, daß Delvos von Terroristen umgebracht worden ist.«

Der Finger erstarrte, sank dann hinab. »Was soll das heißen?«

Grewe griff nach seinen Zigaretten, sie streckte stumm die Hand aus, er ließ sie eine nehmen, gab ihr Feuer. Er sah sie an. »Ich weiß, daß du ein Verhältnis mit Delvos hattest. Er hat mir eine Menge erzählt, ohne deinen Namen zu nennen. Den Rest habe ich nach der Rückkehr aus Paris hier in Bonn herausgefunden. Ich weiß, daß dein Mann eifersüchtig ist und unberechenbar. So schätzen ihn jedenfalls viele Leute ein. Er war in Paris, als es passierte. Er hat, nehme ich an, von der Sache mit Delvos gewußt. Es war ein leichtes für ihn, die Zimmernummer von Delvos zu erfahren. Und – er hatte eine Möglichkeit, das Päckchen abzugeben, ohne selbst in Erscheinung zu treten. Auch das habe ich herausgefunden.«

Sie sah ihn an, aus Augen, die immer tiefer zu werden schienen. »Du bist wirklich total verrückt. Du bist wahnsinnig.«

»Kann sein, daß ich mich irre. Aber ich glaube nicht, daß ich mich irre. Ich werde diese Geschichte aufklären.«

»Und was dann? Willst du meinen Mann der Polizei ausliefern?«

»Ich weiß es nicht. Ich werde jedenfalls diese Geschichte aufklären.« Er drückte die halbgerauchte Zigarette aus.

Plötzlich warf sie ihre Zigarette in den Aschenbecher, schlug mit beiden Fäusten auf ihn ein, er konnte, der Angriff kam so überraschend, nur noch die Arme schützend vor sein Gesicht halten, die kleinen, festen Fäuste trafen ihn auf der Brust, auf den Schultern, auf seinen Unterarmen: »Du Schwein, du elendes Schwein, du hast dich nur an mich rangemacht, um mich auszuholen, du verdammter kleiner Spitzel!«

Es gelang ihm, ihr rechtes Handgelenk zu fangen,

dann ihr linkes, er drückte ihre Arme mit seinem vollen Gewicht nach hinten, lag plötzlich auf ihr, Haut an Haut, merkte, daß der Griff seiner Hände vielleicht doch ein bißchen zu fest war, lockerte ihn. Sie machte keinen Versuch, sich ganz zu befreien.

Ihre Beine, mit denen sie wild um sich geschlagen hatte, wurden sanft. Sie begann, mit ihren Schenkeln seine Hüften zu reiben. Er hob den Kopf, mit dem er ihre Schulter festgehalten hatte. Sie sah ihn an, mit halbgeschlossenen Lidern. Die Starre auf ihrem Gesicht löste sich auf. Plötzlich lächelte sie: »Wie war das mit der Vergewaltigung?«

13

Als Grewe am nächsten Morgen gegen elf zum Pressehaus kam, fuhr Rohloff hinter ihm in die Tiefgarage ein, er sah das blaue Coupé in seinem Rückspiegel. Sie stiegen hintereinander die schmale Treppe zum Tulpenfeld hoch. Rohloff sagte: »Na, was macht die Lobbyisten-Geschichte?«

»Ach, Scheiße, Mensch, ich bin gestern zu nichts gekommen, vor lauter Kleinkram.«

»Da hast du dir aber auch ein ganz schönes Ding anhängen lassen.«

»Ich weiß.«

Als sie im Aufzug hochfuhren, sagte Rohloff: »Sag mal, bist du immer noch an Steinkamp interessiert?«

Grewe merkte auf. »Natürlich.«

»Da machen heute abend ein paar Abgeordnete ein

Informationsgespräch, Kanalarbeiter. Es geht um Rüstungsfragen. Ich bin fast sicher, daß Steinkamp hinkommt, wenn er nicht gerade auf Reisen ist.«

Um ein Haar hätte Grewe gesagt: Er kommt heute aus Paris zurück. Er räusperte sich und fragte: »Wo ist das?«

»Bei Welcker in der Wohnung. Sie haben zwar nur Wirtschaftsleute eingeladen, soviel ich weiß. Aber wenn du willst, rufe ich Welcker mal an. Er hat bestimmt nichts dagegen, wenn du mitkommst, ich könnte dich dann mit Steinkamp bekannt machen.«

»Prima, Paulchen, den Welcker kenn' ich selbst ganz gut. Der hat seinen Wahlkreis doch in unserem Verbreitungsgebiet. Ich rufe ihn direkt an, wenn du einverstanden bist.«

»Natürlich. Tschüß, Peter.«

»Danke dir, Paulchen, bis später.«

Seine Sekretärin warf, als er eintrat, einen stummen Blick auf die Uhr.

»Liebe Frau Honold, wie geht's Ihnen denn heute morgen?«

»Mir geht's gut. Ihnen hoffentlich auch.«

»Es geht mir ausgezeichnet.« Er sah sie an. »Also, nun sagen Sie schon, wo Sie der Schuh drückt.«

»Mich drückt überhaupt kein Schuh.« Sie griff einen Zettel von ihrem Schreibtisch auf und hielt ihn ein wenig zu weit von sich ab. »Eine Frau Becker hat schon zweimal angerufen.«

»Becker?« Dann durchfuhr es ihn heiß. Becker hatte sie sich genannt, wenn sie Delvos anrief und Gertie sich meldete. Sie schien ihre Pseudonyme nicht so schnell zu wechseln wie ihre Liebhaber.

»Ach, die alte Frau Becker, ja. Das geht in Ordnung.«

»Sie hat gesagt, sie ruft wieder an. Oder soll ich Sie

jetzt verbinden?« Das klang ausgesprochen tückisch. Und so ging es auch weiter: »Dann müssen Sie mir allerdings die Nummer sagen, die hat sie nicht hinterlassen.«

»Nein, nein, lassen Sie mal, das hat Zeit.« Er war schon im Begriff, in sein Büro zu gehen, die Tür zu schließen und Lilos Nummer zu wählen, als er merkte, daß sie noch etwas in petto hatte. »Also, was noch?«

»Zwei Herren haben nach Ihnen gefragt. Um zehn schon. Sie wollen wiederkommen, um elf.« Ein Blick auf die Uhr. »Sie müßten jeden Augenblick hier sein.«

»Zwei Herren? Was für Herren?«

Sie schickte ihm einen schrägen Seitenblick zu. »Vom Bundeskriminalamt. Der eine gehört zur Sicherungsgruppe Bonn.« Sie griff einen anderen Zettel von ihrem Schreibtisch, hielt ihn dicht vor die Augen. »Kriminalhauptkommissar Kläsgen und Kriminalkommissar Hammerschmidt.«

Grewe verspürte auf einmal ein ziemlich kaltes Gefühl im Magen. »Und was wollen die?«

»Das haben sie nicht gesagt. Sie wollen mit Ihnen sprechen.«

Grewe ging beschleunigt in sein Büro, wollte die Tür hinter sich schließen, als es an Frau Honolds Tür klopfte, kräftig.

Frau Honold rief freundlich: »Herein!«

Der Hauptkommissar war ein Kleiderschrank von einem Kerl. Anfang Fünfzig vielleicht, frische Gesichtsfarbe, nicht ein Ansatz von Bauch, breite Hände, auf denen blonde Härchen standen. Der Kommissar, einen Kopf kleiner, Anfang Dreißig, hatte lange Haare, breite braune Kotteletten, er trug einen grauen Flanellanzug mit leicht ausgestellten Hosenbeinen, ein lachsfarbenes

Hemd und eine rot in grau gemusterte, sehr breite Krawatte.

Grewe fragte, ob die Herren vielleicht einen Kaffee möchten. Sie mochten. Frau Honold begab sich ans Werk und blickte böse über die Schulter, als Grewe hinter ihr die Tür schloß.

Der Hauptkommissar, Ellbogen auf den Knien und auch sonst ganz locker und unverbindlich, sagte: »Herr Grewe, Sie wissen, weshalb wir kommen.«

Grewe ließ sich hinter seinem Schreibtisch nieder. »Ja, ich denke schon. Wegen des Bombenanschlags.«

»Richtig. Wir wollen sehen, ob wir unseren Kollegen in Paris ein bißchen helfen können.«

»Aber, glauben Sie denn, es waren deutsche Terroristen?«

»Ach, wissen Sie, Terroristen sind ja beweglich. Uns interessiert jetzt eigentlich auch eine andere Frage. Sie waren doch mit Herrn Delvos befreundet?«

»Ja.« Grewe dachte: Für diese Antwort solltest du dich jetzt selbst in den Arsch treten, wenn schon sonst niemand es tut.

»Was können Sie uns über seinen Bekanntenkreis sagen?«

»Seinen Bekanntenkreis?«

»Ja.«

»Ach, du meine Güte. Wissen Sie, Herr Delvos war Bonner Journalist. Ich könnte Ihnen ein paar hundert oder vielleicht sogar tausend Leute aufzählen, mit denen er zu tun hatte. Nicht mit allen zur gleichen Zeit, aber im Laufe der Jahre sammelt sich da eine Menge Bekanntschaften und Kontakte an.«

»Ja, das wissen wir, wir sind ja selbst mit den Bonner Verhältnissen ein bißchen vertraut. Aber vielleicht können Sie uns doch ein paar Leute nennen, mit denen er besonders engen persönlichen Kontakt hatte. So, wie mit Ihnen zum Beispiel.«

Grewe schüttelte den Kopf. Er spürte, wie ihm warm und wärmer wurde. Worauf wollte dieser freundliche Kleiderschrank hinaus? »Nein. Wissen Sie, das hängt mit dem Tod seiner Frau zusammen. Ich nehme an, Sie sind darüber informiert?«

Der Hauptkommissar nickte.

»Sehen Sie, er hat sich, seitdem das passiert ist, vor drei Jahren, ziemlich abgekapselt. Er hat seine beruflichen Kontakte natürlich weiter unterhalten. Aber persönlich . . . ich könnte Ihnen wirklich niemanden nennen, außer mir, und meiner Frau übrigens auch, mit der er sich sehr gut verstanden hat, sonst aber niemanden, mit dem . . . dem er sich . . . mit dem er einen solchen Umgang gehabt hätte.«

Grewe wurde, weil er diesen Satz so zusammenstottern mußte, wütend auf sich selbst.

»Mit Ihrer Frau hat er sich also gut verstanden?«

»Ja. Sehr gut.« Während er das aussprach, merkte er, daß die beiden ihn sehr aufmerksam beobachteten. Meine Güte, das fehlte noch, daß er sich nun auch noch selbst in den Verdacht brachte, eifersüchtig und der Tat fähig gewesen zu sein.

Der Kommissar meldete sich, und Grewe sah, daß dieser Junge sehr klare blaue Augen hatte: »Eine Freundin hatte er nicht?«

Grewe sah fest zurück: »Nicht, daß ich wüßte. Und ich müßte es eigentlich gewußt haben.«

Der Hauptkommisar lehnte sich im Sessel zurück: »Nun ja, wenn das zum Beispiel eine verheiratete Frau gewesen wäre, so was kommt ja vor, dann hätte er vielleicht die Diskretion wahren wollen?«

»Natürlich, das wäre vorstellbar. Ich glaube es trotzdem nicht.«

»Und warum nicht?«

Das Telefon summte. Grewe sah irritiert darauf. Dieser Frau Honold mußte er jetzt irgendwann doch einmal den Marsch blasen. Er sagte: »Entschuldigen Sie«, und hob ab. Frau Honolds Stimme war eisig: »Ich habe diese Frau Becker in der Leitung, sie sagt, es sei dringend.«

Grewe verspürte einen Anflug von Panik. Dann riß er sich, in einem mächtigen Ausbruch von Zorn auf sich selbst, zusammen und sagte: »Stellen Sie durch.« Er hörte das Geräusch der Umschaltung, und dann hörte er die dunkle, volle Stimme. Sie sang: »Still crazy, after all these years.«

Grewe, der die Blicke der beiden auf sich ruhen fühlte, sagte: »Du, es tut mir leid, aber ich kann jetzt nicht. Ich habe Besuch.«

»Doch nicht etwa deine Frau?«

»Nein.«

»Hast du etwa noch andere Freundinnen?«

»Nein. Sei mir nicht bös. Ich melde mich. Okay?«

»Du widerlicher kleiner Spitzel. Wenn du in einer halben Stunde nicht angerufen hast, mach' ich mich auf und sehe persönlich in deinem Büro nach, was du da treibst. Verstanden?«

»Einverstanden. Bis dahin.«

Er hörte, daß sie einen Kuß auf die Muschel drückte, und legte auf. Frau Honold klopfte, sie brachte den Kaffee. Die Herren rührten andächtig, bis sie die Tür wieder geschlossen hatte. Sofort sagte der Kommissar: »Sie wollten sagen, warum Sie nicht glauben, daß Herr

Delvos ein Verhältnis mit einer verheirateten Frau gehabt haben könnte.«

Hatte er das wirklich sagen wollen? Grewe verspürte Angst, daß er sich allmählich um Kopf und Kragen redete. Aber nun blieb ihm keine Wahl mehr.

»Ich meine . . . erstens, daß natürlich jeder in eine solche Situation hineingeraten kann. Aber Claus Delvos hätte ein solches Verhältnis, ein Verhältnis mit einer verheirateten Frau, meine ich, nicht auf sich beruhen lassen. Er hätte es nicht unter der Decke gehalten. Er hätte eine Klärung herbeigeführt. Ich weiß nicht, ob ich mich verständlich ausdrücke, aber ich meine: Er war ein Mann von Charakter. Verstehen Sie? Er hätte sich nicht vor einer Entscheidung gedrückt.«

Der Hauptkommissar nickte. Der Kommissar sagte: »Und zweitens?«

»Zweitens? Ach ja. Ich bin sicher, daß er mir so etwas irgendwann erzählt hätte.«

»Und das hat er nicht getan?«

»Nein.«

Die Herren blieben noch eine Weile, tranken in Ruhe ihren Kaffee aus, aber sie stellten keine Fragen mehr, die Grewe in Nöte hätten bringen können. Sie hatten ja auch gerade genug gefragt. Sobald sie das Zimmer verlassen hatten, wählte Grewe die siebenstellige Nummer. Er traute seinen Ohren nicht, als sie sich mit »Becker« meldete.

»Sag mal, bist du wahnsinnig? Wenn ich das nun nicht gewesen wäre?«

Sie lachte. »Ich wußte, daß du das warst. Und nun zu dir, du kleiner Spitzel: Hast du alle kleinen Mädchen jetzt endlich vor die Tür gesetzt?«

»Das waren keine kleinen Mädchen. Das war die Polizei.«

»Die Polizei?«

»Zwei Beamte vom Bundeskriminalamt, davon einer aus Bonn.«

Sie blieb zwei, drei Sekunden lang stumm. Dann: »Wieso suchen die hier in Bonn nach diesen Terroristen?«

»Die suchen überhaupt nicht nach Terroristen, vermute ich. Die haben mich sehr beharrlich gefragt, ob Delvos denn keine Freundin gehabt habe, und ob das nicht eine verheiratete Frau hätte sein können.«

»Und was hast du gesagt?«

»Nichts.«

»Du hast nichts gesagt?«

»Nein. Ich habe gesagt, ich glaube nicht an diese Theorie. Delvos hätte so etwas nicht getan, er hätte sich nicht versteckt, habe ich gesagt, und wenn er's getan hätte, hätte er mir's gesagt.«

»Du hast nichts von deinem Verdacht gegen Lutz gesagt?«

»Nein.«

Sie seufzte auf, ein sehr langer Seufzer, der absank und dann plötzlich nach oben stieg. »Oh, Peter, Peter, du bist so ein phantastischer Kerl, womit hab' ich dich bloß verdient, du mußt sofort zu mir kommen, Peter, ich muß dich haben, jetzt!«

»Lilo, sei vernünftig, das geht nicht. Und ich will dir sagen, es ist mir schwer genug gefallen, nichts zu sagen, und ich hätte es wahrscheinlich auch gesagt, wenn du mir vergangene Nacht nicht die Hölle so heiß gemacht hättest. Es fällt mir so schwer, Lilo, weil ich dich nicht verstehe: Du lebst mit einem Menschen zusammen, den du nicht mehr ertragen kannst und von dem du weg willst, aber du tust alles, um ihn zu schützen. Sogar auf die Gefahr hin, daß er einen anderen umgebracht hat und seiner Strafe entgeht.«

»Peter.« Ihre Stimme klang sehr ernst. »Peter, würdest du dich von einem Menschen, den du einmal geliebt hast, trennen wollen, indem du zusiehst, wie er ins Gefängnis geht, für den Rest seines Lebens?«

Grewe seufzte. »Okay. Ich hab' ja auch nichts gesagt.«

»Peter – Peter, ich liebe dich.«

14

Sie telefonierten noch vier- oder fünfmal bis zum Abend dieses Tages.

»Ich liebe dich.« »Ich hab' so verdammte Sehnsucht nach dir.« »Ich komme jetzt zu dir und ziehe dir deine Krawatte aus und knöpfe dein Hemd auf, von oben nach unten, noch ein Knöpfchen, noch ein Knöpfchen . . .« »Nimm dich zusammen, du altes Ferkel.« »Ah – wunderbar! Sag das noch mal, bitte, bitte!«

Zweimal beendete sie das Gespräch jäh mit der Formel, die er schon kannte: »Monika, ich muß mal Schluß machen, mein Chef kommt, tschau!« Später fragte er sie: »Wer ist das eigentlich, diese Monika, ist das deine Schutzpatronin?«

Sie lachte. »Das ist Monika Tsaldaris, meine Freundin, du alter Narr. Eine schicke Frau. Aber mit der werde ich dich ganz bestimmt nicht bekannt machen. Das könnte dir Schweinigel so passen.«

»Tsaldaris? Wie kommt die denn an den Namen?«

»Sie war mit einem Griechen verheiratet. Sonst noch was, Herr Kommissar?«

Steinkamp war am Vormittag aus Paris zurückgekommen. Sie erwähnte die Ankunft in dem Telefonat, das sie gegen zwölf führten, und er hätte sie um ein Haar gefragt, ob Steinkamp am Abend zu dem Termin bei Welcker gehe. Er suchte einen zähflüssigen Satz lang nach einem besseren Ansatzpunkt, sagte schließlich: »Na, dann werdet ihr heute abend wohl Wiedersehen feiern?«

»Ja, denkst du.« Sie lachte. »Du scheinst wirklich in einer sehr glücklichen Ehe zu leben. Nein, er hat für heute abend schon wieder was vor, irgend so ein Gespräch mit Abgeordneten.«

»Und da nimmt er dich nicht mit?«

»Nein, das ist ohne Frauen, sagt er.«

Eine heiße Welle überschwemmte Grewes Überlegungen, riß sie auseinander, ließ sie taumelnd untergehen. »Dann bist du ja frei heute abend?« Er räusperte sich, seine Stimme war plötzlich belegt.

»Nein, du, sei mir nicht böse, aber heute abend gehe ich zu Monika. Das ist unser Abend, weißt du.«

»Euer Abend?«

»Na ja, ich gehe zu ihr, und wir machen's uns gemütlich.« Ihre Stimme wurde plötzlich wieder sehr zärtlich, verheißungsvoll. »Aber morgen könnte ich mich freimachen, Herr Kommissar, auf ein schwaches Stündchen, oder auch zwei. Mein Chef fliegt mit dem Herrn Staatssekretär nach Wiesbaden, er kommt erst am Nachmittag zurück. Wir könnten uns vielleicht irgendwo treffen, in der Mittagspause. Mhm?«

Grewe arbeitete den ganzen Nachmittag wie ein Kuli,

er strapazierte sich jedenfalls. Er lungerte zwar fast eine Stunde lang untätig vor dem Fraktionssaal der CDU/CSU herum, weil er einen Abgeordneten abschleppen wollte, der ihm eine Information in Aussicht gestellt hatte. Aber er brachte auch in dieser Zeit nicht fertig, was ihm sonst oft gelang: während der Warterei sein Gehirn abzuschalten, sich erholsamen Träumen und Empfindungen zu überlassen.

Ein paarmal im Laufe dieses Nachmittags war er in Versuchung, sie anzurufen und ihr zu sagen, daß er am Abend nun doch Steinkamp unter die Lupe nehmen wolle. Aber er schob es so lange auf, bis er wußte, daß sie in ihrem Büro nicht mehr zu erreichen sein würde. Er war sich selbst auch keineswegs schlüssig.

Sein Verdacht ließ sich trotz allem, was er herausgefunden hatte, schwerer begründen als zuvor. Sie war völlig sicher, daß Steinkamp von ihrem Verhältnis mit Delvos nichts wußte. Sie hatte Grewe einige der Sicherheitsvorkehrungen geschildert, einige in der Tat verblüffende und höchst intelligente Tricks, mit denen sie, wann immer sie zu Delvos gegangen war, ihre Spur verwischt hatte. Wenn aber ihre Annahme, daß ihr Mann ahnungslos war, zutraf, dann hatte Steinkamp kein Motiv gehabt, Delvos umzubringen. Er hatte seinen Nebenbuhler dann vielleicht nicht einmal gekannt.

Grewe fragte sich, über seiner Schreibmaschine brütend, ob er nicht seine Zeit vergeude, wenn er um sieben zu Welcker ginge, nur um diesen Lobbyisten zu besehen. Und war es eigentlich empfehlenswert, sich mit dem Ehemann einer eben eroberten Geliebten auch noch freiwillig bekannt zu machen?

Ein anderer, ganz verrückter Gedanke schoß ihm durch den Kopf: Er könnte, statt bei Welcker herumzusitzen, aus dem Telefonbuch die Adresse dieser Frau Tsaldaris heraussuchen, zwei Blumensträuße besorgen und um acht oder halb neun einfach hingehen, klingeln und sagen: »Guten Abend, da bin ich, ich weiß zwar, das ist euer Abend, aber ich will mich auch nur still in die Ecke setzen und ein bißchen dabeisein, ich störe bestimmt nicht.« Der Gedanke war wirklich total verrückt, aber er erwärmte ihn auf das angenehmste.

Grewe wurde durch einen anderen Gedanken, den er eine Weile erfolgreich zurückgehalten hatte, empfindlich gestört: Er konnte diesen Abend natürlich auch seiner Frau und seinen Kindern widmen.

Er sah auf die Uhr. Halb sieben. Er schrieb in hohem Tempo seine Geschichte fertig, brachte sie Frau Honold an den Fernschreiber, rief noch einmal Wandruschka an, der eine Absprache für den nächsten Tag treffen wollte, mußte sich anschließend mit der Nachrichtenredaktion herumschlagen, die wissen wollte, ob er seine vorletzte Geschichte wirklich so stehen lassen wolle, die Agenturen hätten einen anderen Trend. »Macht doch, was ihr wollt«, es war ihm tatsächlich völlig egal, er legte auf. Er rief, während er die verstreuten Papiere auf seinem Schreibtisch zusammenschob, seine Frau an und sagte ihr, es könne spät werden, er gehe noch zu einem Treff mit ein paar Abgeordneten.

»Sag mal, Bär, übernimmst du dich nicht?«

Er stutzte, sagte dann, als ob er sie nicht verstanden hätte, nein, nein, er sei völlig okay. Es gehe nur im Augenblick ein bißchen wüst her, diese Scheiß-Sitzungswoche, die Leute seien alle wieder wie aufgedreht. »Ich sag' vorsichtshalber schon mal gute Nacht, und schlaf schön.«

»Gute Nacht, Bär.«

Um zehn nach sieben fuhr er bei Welcker vor. Es war ein Neubau, breite Balkone an der Frontseite, in einer stillen Straße in Mehlem, rechts und links verschnörkelte Villen aus der Gründerzeit. Bäume dicht an dicht auf beiden Seiten der schmalen Fahrbahn. Ein letzter, rötlich-violetter Lichtstreifen am Himmel war erloschen. In Welckers Wohnung herrschte ein ziemliches Gedränge. Grewe kannte die meisten Leute, und Steinkamp erkannte er sofort. Paulchen Rohloff hatte ihn sehr exakt herausgearbeitet. Er erinnerte sich jetzt auch, den Mann schon einmal gesehen zu haben.

Rohloff packte Grewe am Ärmel und zog ihn zu Steinkamp. »Lutz, diesen Herrn sollten Sie kennenlernen, das ist mein Freund Peter Grewe, sein Blatt ist nicht übermäßig bedeutend, er selbst auch nicht, aber er hat eine widerlich scharfe Nase, Sie finden ihn überall da, wo was zu stinken anfängt, in Paris war er übrigens auch, bei dem Schlamassel vergangene Woche, und natürlich war er am dichtesten dran. Gehen Sie vorsichtig mit ihm um, er will eine Geschichte über Ihren ehrenwerten Berufsstand schreiben.«

Steinkamp lachte, eine schwere, heisere Stimme, schlug dem kleinen Rohloff mächtig auf die Schulter, »Alter Schwätzer«, gab Grewe die Hand, eine beachtliche Schaufel. Grewe sah in ein paar sehr blaue Augen, die ihn sehr scharf musterten. »Die Pariser Geschichte interessiert mich, Herr Grewe, davon müssen Sie mir nachher ein bißchen was erzählen, ich war zu der Zeit gerade drüben, das muß ja wirklich abenteuerlich gewesen sein.«

Grewe setzte sich während des Informationsgesprächs neben Steinkamp, zog, als er merkte, daß der ihn beobachtete, verspätet seinen Notizblock heraus und schrieb hin und wieder ein Sätzchen mit, lauter dummes Zeug.

Nach einer Weile fand er einen Zugang. Steinkamp schüttelte, als der für seinen uferlosen Redefluß bekannte Abgeordnete Freysing das Wort ergriffen hatte, mehrmals belustigt den grauhaarigen Kopf.

Grewe neigte sich zu ihm und flüsterte: »Das müssen für Sie ja wirklich sensationelle Informationen sein«, Steinkamp lachte eine Weile heiser und nicht gerade unterdrückt vor sich hin, neigte sich dann zu Grewe und sagte: »Wenn die Verteidigung der Bundesrepublik von diesem Mann abhinge, dann gingen wir jetzt besser nach Hause und würden ein paar Sachen für Sibirien einpacken.«

Sobald der offizielle Teil bendet war, führte Steinkamp Grewe in eine Ecke. »Also los, jetzt erzählen Sie mal, wie die Sache in Paris sich abgespielt hat!« Sie zogen sich zwei von Welckers nostalgischen Rohrstühlen heran. Grewe, in höchster Anspannung überlegend, wo er Fallstricke auslegen könnte, erzählte. Er gab eine besonders farbige Beschreibung des Mädchens, das das Päckchen abgegeben hatte, ließ Steinkamp dabei nicht aus den Augen.

»Ja, ich weiß, so hat's ja auch in den Zeitungen gestanden. Aber, wissen Sie«, Steinkamp patschte einmal mit seiner Schaufel auf Grewes Schulter, »nach dem Steckbrief können Sie in Paris ein paar hundert Mädchen einbuchten, und eines hübscher als das andere.« Er lachte heiser. Grewe lachte mit. Steinkamp, nachdem er einen kräftigen Zug an seinem Whisky getan hatte, die Stimme klang feucht: »Sind Sie sicher, daß die Polizei an diese Terroristenkiste glaubt?«

Grewe sah ihn an. »Wie meinen Sie das?«

»Wissen Sie, mein Lieber«, Steinkamp richtete die lange Manschette, die weiß aus dem dunkelblauen Ärmel hervorstach, »ich in meinem primitiven Verstand denke in solchen Fällen zunächst immer mal: Cherchez la femme. Irgendwo finden Sie doch immer ein Weib, wenn Sie bei Mord und Totschlag nachforschen.« Er sah Grewe lächelnd an, aus sehr scharfen blauen Augen. Das Lächeln verschwand. »Was war dieser Delvos eigentlich für ein Kerl? War er ein Herumtreiber? Sie kannten ihn doch gut, in irgendeiner Zeitung sind Sie *son ami* genannt worden, es war eine ziemlich rührselige Geschichte, wie tragisch das doch gewesen sei, daß ausgerechnet Sie ihn hätten finden müssen«, er stockte, patschte dann Grewe wieder auf die Schulter, »Entschuldigung, mein Lieber, wenn ich jetzt Ihre Gefühle verletzt habe, das wollte ich nicht.«

Grewe schüttelte den Kopf. »Nein, nein . . . Sie meinen«, er sah Steinkamp fest in die Augen, »es war bloß irgendein gewöhnlicher Mord, aus Eifersucht?«

»Könnte doch sein, oder?« Steinkamp nahm einen kräftigen Zug aus seinem Glas. »Sehen Sie mal, gesetzt den Fall, dieser Delvos hatte eine kleine Freundin in Paris, blauäugig, langhaarig. Er hatte ihr den Laufpaß gegeben, sie dreht durch, packt eine kleine Bombe ein und gibt sie im Hotel ab.«

»Und warum schreibt sie seinen Namen nicht drauf? Und wie kommt sie an seine Zimmernummer?«

»Na, hören Sie.« Steinkamp lachte. »Den Namen schreibt sie vielleicht nicht drauf, weil sie denkt, man könnte sie sonst leichter identifizieren. Und an die Zimmernummer war doch dranzukommen. Sie brauchte doch nur anzurufen, vormittags, bevor er ankam.«

Grewe sah ihn an. »Das stimmt.«

Steinkamp lachte. »Hab' ich Sie jetzt in Verwirrung gebracht?«

»Nein. Gar nicht. Ich hab' selbst schon darüber nachgedacht. Sehr gründlich.«

Steinkamp fixierte ihn scharf, die blauen Augen waren sehr kalt. »Sie glauben nicht an diese Terroristenversion?«

»Nein.«

Steinkamp sah auf seine Uhr. »Zeit für mein Lebenselixier. Entschuldigen Sie.« Er griff in die Jackentasche, zog eine kleine, goldene Pillendose hervor.

Grewe sah auf seine Uhr. »Für mich wird's auch Zeit. Mein Hund wartet schon.«

»Ah, ja?« Steinkamp schüttelte eine Tablette heraus, warf sie mit der Schaufel in den Mund, füllte sein Whiskyglas mit Mineralwasser auf und trank. »Was für einen haben Sie, ich meine, welche Rasse?«

»Einen Spaniel.«

»Niedlich. Und mit dem ziehen Sie dann mitten in der Nacht noch los? Wo wohnen Sie?«

»In Villiprott.«

»Herrlich. Da haben Sie den Kottenforst ja gleich vor der Tür. Tja, mein Lieber, hat mich sehr gefreut, Sie kennenzulernen. Aber jetzt haben wir gar nicht über Ihre Lobbyisten-Geschichte gesprochen.«

»Ich ruf' Sie mal an.«

»Jederzeit, gerne. Vielleicht sehen wir uns morgen abend schon wieder? Kommen Sie nicht zu der Eröffnung dieser Ausstellung in der Parlamentarischen Gesellschaft?«

»Wahrscheinlich nicht. Irgendeinen Abend muß ich mal zu Hause verbringen. Meine Frau und meine Kinder kennen mich schon gar nicht mehr.«

Steinkamp lachte und wandte sich ab. Grewe schob

sich durch die Leute, gewann den Korridor, verließ die Wohnung. Auf der Straße zündete er eine Zigarette an, blieb stehen. Er rieb sich die Stirn sehr kräftig, nickte dann stumm vor sich hin. An der Ecke sah er eine Telefonzelle, mattes, gelbes Licht im Dunkel unter den Bäumen. Er starrte die Telefonzelle eine Weile an, ging dann plötzlich darauf zu. Aus dem Buch suchte er die Nummer von Monika Tsaldaris heraus, wählte.

Niemand meldete sich.

Grewe sah noch einmal die Nummer nach, prüfte, ob er sie vielleicht falsch in sein Notizbuch übertragen hatte, wählte neu, sorgfältig. Dieses Mal zählte er mit. Nachdem auch beim fünfzehnten Weckzeichen niemand abgenommen hatte, hängte er den Hörer auf, die Münzen klapperten ins Rückgabefach. Er sah lange durch die Glasscheibe der Telefonzelle hinaus in die stille, schwarze Straße, blätterte, ohne hinzusehen, ziellos in dem aufgeschlagenen Telefonbuch.

Plötzlich wandte er sich dem Telefonbuch wieder zu. Er suchte Nesselraths Nummer und fand sie, *Nesselrath Hans-M. Dr. Min.-Dirig.* Er übertrug die Nummer in sein Notizbuch, wählte dann, wieder sehr sorgfältig. Als er bis sieben gezählt hatte, sah er auf seine Uhr. Fünf Minuten nach neun. Selbst Nesselrath würde um diese Zeit noch nicht im Bett liegen. Als er auflegen wollte, wurde der Hörer abgenommen. Grewe hörte einen ziemlich heftigen Atem, dann, etwas undeutlich: »Dr. Nesselrath«, ein entschiedenes Räuspern, und dann noch einmal, diesmal in der trockenen Stimme, die er kannte: »Dr. Nesselrath.«

Grewe hängte den Hörer auf.

15

Am Mittwoch um zwanzig nach zwölf setzte Grewe sich in Delvos' Ledersessel, zündete sich eine Zigarette an und sah hinaus auf die verwinkelten alten Dächer. Lilo Steinkamp lag neben ihm auf dem breiten Ledersofa, auf dem Bauch, den Kopf seitlich in ein Kissen vergraben. Sie gab in Abständen kleine, seufzende Laute von sich, in das Kissen hinein, wie ein Kind vor dem Einschlafen. Sie trug eine blaue Kostümjacke, eine weiße Bluse mit übergeschlagenem Kragen und hervorstehenden Manschetten. Das untere Ende der Bluse hing lose um ihre Hüften.

Grewe sah auf ihre pralle, doppelt gewölbte Blöße, nahm eine Decke und warf sie über sie. »Willst du dich nicht lieber wieder anziehen?«

Sie gab zwei kleine, verneinende Laute von sich. Dann richtete sie sich plötzlich auf, drehte sich herum, sah ihn strahlend an: »Wie fühlst du dich?«

»Gut.«

Er fühlte sich gar nicht gut. Er war nervös. Es war eine Wahnsinnsidee gewesen. Es war ihre Idee, aber er war sofort darauf eingegangen. Sie hatte noch den Schlüssel zu Delvos' Wohnung. Sie waren getrennt nach Bad Godesberg gefahren, sie voraus. Als er an der Haustür auf Delvos' Klingelknopf drückte, hatte er nur einen Gedanken gehabt: Ob dieser Hausmeister tatsächlich alle Tage um zwölf zu Mittag aß. Er war, ohne jemandem zu begegnen, auf den sechsten Stock hinaufgekommen. Sie hatte ihn an Delvos' Tür empfangen, so, wie sie jetzt auf dem Sofa lag.

Sie wurde ernst. »Du lügst. Du fühlst dich überhaupt nicht gut.«

»Doch. Aber ich frage mich, ob ich mich nicht vielleicht täusche, wenn ich hoffe, daß ein richtiger Hausmeister nicht nur um zwölf Uhr ißt, sondern danach auch einen Mittagsschlaf hält. Und ich frage mich, wo der Kriminalhauptkommissar Kläsgen jetzt sein mag. Der muß doch wohl irgendeine Spur verfolgen.«

Sie lachte, warf den Kopf nach hinten, ließ ihre blitzenden Zähne sehen. »Du kleiner Feigling.« Dann sah sie ihn an. »Dem Hausmeister geben wir was, wenn er uns erwischt. Das wird schlimmstenfalls so teuer wie in einem billigen Hotel. Und dein Kläsgen wird im Augenblick überhaupt keine Spur verfolgen. Ich wette, daß die Kripo auch um zwölf zu Mittag ißt. Gib mir eine Zigarette. Sonst noch Beschwerden?«

Er sah sie an, während er ihr Feuer gab, schüttelte den Kopf. Sie blies den ersten Zug von sich. »Natürlich hast du noch Beschwerden. Und natürlich hast du recht. Es ist schon verdammt pietätlos, was wir hier machen.«

Grewe setzte sich wieder in den Sessel. »Hast du ihn eigentlich geliebt?«

»Wen, Delvos?«

»Ja.«

»Doch. Ich habe ihn geliebt, zu Beginn jedenfalls. Oder vielleicht auch damals schon nicht. Weißt du, es war ganz anders als bei dir jetzt. Er war ja doch ein stilles Wasser. Er hat mir ungeheuer imponiert, ich fand ihn sehr interessant. Man konnte . . . na ja, man konnte in ihn eintauchen, er blieb ganz still. Und er war auch als Mann sehr . . . sehr nett, sehr sympathisch. Er war auch nicht ohne jedes Temperament. Aber er ist mir dann doch ziemlich bald auf die Nerven gegangen. Entschuldige, wenn ich das so hart sage, aber so war es nun mal.

Immer nur Brahms und Reger und Bach, und dann auch noch Wagner und dieser, wie heißt er, dieser Schönberg. Und Stockhausen auch noch, und immer nur Baudelaire und wie das alles heißt, Handke und so. Hast du schon *Die linkshändige Frau* gelesen, ich werde es dir schenken, und dann fragt er schon nach drei Tagen, ob ich es auch gelesen habe.«

»Und dann?«

»Was dann?«

»Hast du ihm nie die Wahrheit gesagt?«

»Mein Gott, er hat mir ja auch leid getan. Und ich fand ihn im Grunde immer noch sehr sympathisch. Und dann kommt er mit dieser fixen Idee an, ich müsse mich scheiden lassen und wir würden heiraten und brauchten uns nie mehr zu verstecken und würden glücklich sein ein Leben lang. Was glaubst du, ich habe alle Hände voll zu tun gehabt, ihn davon abzuhalten, zu Lutz zu gehen und zu sagen: Ich bitte Sie um die Hand Ihrer Frau, oder irgend so einen Blödsinn.«

»Warum hattest du solche Angst davor?«

Sie lachte. »Du kennst Lutz nicht. Er hätte ihn auf der Stelle umgebracht, und mich dazu.« Sie streifte die Asche von ihrer Zigarette ab. »Lutz hat mir mal gesagt, er schlägt mich tot, mit den Händen, wenn er mich mit einem anderen Kerl erwischt. Das war, bevor ich wieder zu arbeiten anfing. Ich hab's ihm geglaubt, und ich glaub's immer noch.« Sie zog die Decke hoch bis unter die Achseln.

»Aber eine solche Ehe ist doch fast unerträglich, oder?«

»Natürlich ist sie das. Lutz ist ein Tyrann. Er kann unglaublich gemein sein, er möchte mich am liebsten wieder einsperren, ich soll dasitzen und auf ihn warten, bis er kommt und mich zum Ausgang abholt oder zu Hause bleibt und sich von mir bedienen läßt. Genau so war es ja zu Anfang unserer Ehe. Ich war ja noch nicht mal dreiundzwanzig, als ich ihn heiratete. Ich hab' lange gebraucht, bis ich mir dann eines Tages sagte: Sag mal, bist du eigentlich völlig bekloppt, willst du dein ganzes Leben so verbringen? Und dann habe ich wieder angefangen zu arbeiten. Aber im Grunde ist es seitdem nur noch schlimmer geworden. Er ist jetzt eigentlich nur noch ekelhaft zu mir.«

»Und trotzdem willst du ihn nicht verlassen?«

Sie seufzte, streckte sich unter der Decke. »Peter, er ist ein todkranker Mann.« Sie drückte ihre Zigarette aus. »Die Ärzte nennen es Koronarsklerose. Seine Herzkranzgefäße sind hochgradig verkalkt. Das haben die Ärzte festgestellt, als er vor zwei Jahren den Herzinfarkt hatte. Er muß seitdem ständig ein Mittel einnehmen, damit sein Blut nicht so schnell gerinnt, weil er sonst den nächsten Infarkt bekommt, und das wäre wahrscheinlich der letzte. Das ist aber umgekehrt auch gefährlich, denn wenn er jetzt mal einen Unfall hat und er bekommt nicht sehr schnell eine Spritze, dann blutet er aus, sein Blut gerinnt ja nicht.«

»Und was bedeutet das alles für dich?«

»Was das für mich bedeutet? Peter, wenn ich jetzt zu ihm hingehe und sage: Ich geh' weg von dir, dann fällt er vielleicht tot um. Es wäre möglich, daß ich ihn umbrächte, noch bevor er mich umgebracht hätte.«

»Also wartest du auf seinen Tod?«

Sie sagte sehr ruhig: »Du bist ein Schweinehund, Peter, das hab' ich von Anfang an gewußt. Ich warte nicht auf seinen Tod. Ich weiß nicht, ob das in dein Vorstellungsvermögen reinpaßt, aber das gibt es, daß man einen Menschen haßt und zugleich immer noch liebt. Ich habe ihn ja geliebt, auf meine Art, als ich ihn heiratete, wie so ein junges Ding halt liebt. Ich habe ihm sehr viel zu verdanken. Wenn er sterben würde, wäre ich frei. Das ist richtig. Aber ich warte nicht auf seinen Tod. Ich würde ihn gern glücklich machen, wenn das noch möglich wäre.«

Grewe stand auf und sah auf den Balkon hinaus. Die Liegestühle standen in einer Ecke, mit einer Plane abgedeckt, der kleine Tisch daneben, auf dem sie an den Sommerabenden ihre Getränke abgestellt hatten. Er würde auch die nächste Frage stellen, obwohl er sicher war, daß sie ihm diese Frage noch übler nehmen würde.

»Und was ist mit Nesselrath?«

»Mit wem? Mit Nesselrath?«

»Ja. Hast du mit dem auch was gehabt?«

Sie begann schallend zu lachen. Er drehte sich erstaunt um. Sie strampelte mit den nackten, vollen Beinen, warf die Decke hoch, stieß sie mit den kleinen Füßen weg. »Mit Mambo, es ist nicht zu fassen!«

»Wer ist Mambo?«

»Na, Nesselrath doch.« Sie legte sich auf die Seite, stützte sich auf einen Arm, wandte ihm ihren runden weißen Bauch zu. »So haben wir ihn genannt, damals in der Landesvertretung. Da war er noch Oberregierungsrat, seine Frau war ihm auch noch nicht weggelaufen. Er war ein ganz wilder Tänzer, Gesellschaftstänze, weißt du, ging mit ihr immer in den Tanzclub, auch zu Turnieren, glaube ich. Er war stolz darauf, daß ihm im Mambo keiner was vormachte, ich weiß gar nicht, ob du den Tanz überhaupt noch kennst, den gibt's gar nicht mehr.«

Grewe nickte, kam zurück, setzte sich wieder in den

Sessel. Sie sah im Liegen auf ihre runden, kräftigen Zehen, bewegte sie auf und ab. Dann zog sie die Bluse unter der Kostümjacke straff.

»Na ja, und da haben wir ihn halt Mambo genannt. Das paßt auch ganz gut zu Hans-Martin, findest du nicht?«

»Wie alt warst du, als du bei ihm angefangen hast?«

»Neunzehn.« Sie fuhr mit einer Hand ans Knie, kratzte sich, ließ dann die Hand auf den Fingerspitzen langsam den Oberschenkel emporgleiten, beobachtete die Hand, die an der Hüfte einhielt und leicht die Haut zu massieren begann.

»Sagt er deshalb heute noch Lieselotte zu dir?«

Sie sah ihn an, lächelte, schüttelte den Kopf. »Menschenskind, an dir geht aber wirklich nichts vorüber! Ja, deshalb sagt er heute noch Lieselotte zu mir. Lilo hab' ich mich erst später genannt. Damit wir uns nicht mißverstehen: Natürlich hat er versucht, lange Finger zu machen. Ich glaube, er ist ganz tief innen drin ein kleiner geiler Hund. Auf die Idee kommt man so schnell nicht, wenn man ihn heute so sieht.« Sie betrachtete ihre Hand, die noch immer, in weiter werdenden Kreisen, die Hüfte massierte.

»Du hast also nichts mit ihm?«

Sie sah ihn plötzlich an, sprang dann auf und kam auf weichen Sohlen zu ihm. »Nein, Herr Kommissar, und nachdem Sie nun schon drei meiner Männerbekanntschaften abgehakt haben: Wie wäre es, wenn wir uns zur Abwechslung dem vierten Herrn zuwenden? Gibt's den überhaupt noch? Oder denkt der nur noch nach?«

Sie schwang sich über die Sessellehne und ließ sich schwer in seinen Schoß fallen. Grewe küßte sie. Er überließ sich der Erregung, die ihr absonderlicher

Aufzug in ihm auslöste. Mit dem einen Arm umfing er ihre Taille, unter seiner Hand spürte er den Stoff der Kostümjacke, die Bluse darunter, er küßte ihr Kinn, sah den adretten Kragen der Bluse, den Halsschmuck, die Brosche auf dem Revers der Jacke. Mit der anderen Hand berührte er ihr nacktes Fleisch.

Nach einer Weile sah er ein, daß diese Erregung, wie außergewöhnlich und tief sie auch sein mochte, nicht ausreichte. »Du, sei mir nicht böse. Ich bin nicht in Form. Das wird nichts mehr.«

Mit einem kleinen schmollenden Laut sprang sie auf, warf sich auf das Sofa, setzte sich wieder auf, fischte nach der Decke, schlug sie sich um die Füße, zog sie mit einer Hand hoch bis unters Kinn, bettete ihr Gesicht auf die Seite, schon mit geschlossenen Augen, steckte den Daumen der freien Hand zwischen die Lippen.

Grewe sah ihr eine Weile zu, setzte sich dann neben sie auf den Rand des Sofas. Er nahm ihre Schultern in beide Hände, lehnte seinen Kopf an ihre Wange, sprach ihr leise zu.

Als er sich aufrichtete, schlug sie die Augen auf, die grünen Lichter strahlten ihn an. Grewe tätschelte ihre Wange, sah dann auf die Uhr. Es hatte keinen Sinn, die Sache hinauszuzögern. Er mußte es ihr sagen. »Ich habe gestern abend deinen Mann kennengelernt.«

Die Lichter zogen sich zusammen, sie runzelte leicht die Stirn.

»Ich bin zu diesem Informationsgespräch mit den Abgeordneten gegangen.«

»Und hast dich an Lutz herangemacht.« Die Stimme war eng und klein vor Wut.

»Ich habe mich lange mit ihm unterhalten. Es war ganz unverkennbar, daß er mich als einen Tatzeugen aushorchen wollte. Er hat mich gefragt, ob ich an die Terroristenversion glaube. Und er hat mich einem Test unterzogen. Wahrscheinlich merkte er erst ziemlich spät, daß dieser Test für ihn riskant war. Er entwickelte mir die Theorie, daß Delvos ja auch einem ordinären Mord zum Opfer gefallen sein könnte, einem Mord aus Eifersucht. Ob Delvos ein Herumtreiber war, hat er gefragt. Wahrscheinlich hoffte er, ich würde sagen, seine Theorie sei unhaltbar, und die Polizei glaube an die Terroristen. Ich konnte ihm den Gefallen nicht tun. Er ließ sich nichts anmerken, aber ich glaube, er war am Ende ziemlich beunruhigt.«

Die Wut preßte ihre Stimme noch mehr zusammen: »Du wirst ihn umbringen. Du wirst ihn kaltlächelnd umbringen, du widerlicher Spitzel, nur um deine Neugier zu befriedigen!«

Dieses Mal war Grewe vorbereitet. Er fing ihre Fäuste ab, bevor sie ihn treffen konnten, packte sie und drückte sie brutal über ihrem Kopf nach hinten. Sie wand sich wie von Sinnen. Grewe legte sich mit seinem ganzen Gewicht seitlich auf sie. »Lilo, laß den Quatsch. Es hat keinen Zweck. Ich bin stärker als du. Versuch's gar nicht erst, mich aufs Kreuz zu legen. Ich bin stärker als du.«

Sie rief, in einer ganz ungewohnt hohen und dünnen, in einer angstvollen Stimme: »Laß mich los, du tust mir weh!«

Er ließ sie los, sie blieb regungslos liegen, mit geschlossenen Augen.

Grewe sagte: »Ich wollte es dir gestern abend schon gesagt haben. Ich habe bei Monika Tsaldaris angerufen, kurz nach neun. Es hat sich niemand gemeldet.«

Plötzlich öffnete sie die Augen, schrie so laut, daß er zusammenfuhr: »Ja und?! Was geht es dich an, wo ich meine freien Stunden verbringe, du gemeiner Spitzel, du Spießer, du Hundehalter, du Familienvater!« Fast glaubte er, sie schluchzte.

Sie rutschte an ihm vorbei, sprang auf, griff nach ihrer Wäsche, nach ihrem Rock, und zog sich an, hastig, ohne ein weiteres Wort.

Er stand auf und sah hinaus auf die Dächer. Als er ihre kleinen, schnellen Schritte hörte, blickte er ihr nach. Sie stürmte aus der Wohnung, mit halbgesenktem Kopf. Sie wirkte merkwürdig winzig, tief getroffen, beschämt, hilflos. Grewe fühlte ein starkes Verlangen, ihr nachzulaufen und sie in die Arme zu nehmen. Er schwankte, und es tat ihm später während des ganzen Nachmittags leid, daß er sich nicht dazu aufgerafft hatte. Er wartete vergeblich, daß sie anrufen würde. Er starrte zehn-, zwanzigmal auf das Telefon, streckte die Hand aus, um selbst anzurufen. Aber er tat es nicht.

Seine Produktion an diesem Tage war nicht erwähnenswert. Gegen halb sechs drückte er sich vor allen weiteren Wünschen der Redaktion mit der Mitteilung, ihm sei nicht gut, er gehe nach Hause und werde sich einmal ausschlafen. Wandruschka schien wirklich betroffen zu sein, er wünschte ihm gute Besserung. Frau Honold verabschiedete ihn mit einem Blick, der an Deutlichkeit nichts zu wünschen übrigließ. Sie glaubte ihm kein Wort.

Als er zu Hause ankam, saß seine Frau mit Jutta und Steffi, die Schularbeiten machten, am Eßtisch. Sie sah ihn fragend an, es war unzweifelhaft ein faires Angebot. Er hatte einen Augenblick lang das Gefühl, er müsse sich aussprechen, würgte alles wieder hinunter, ging in sein Arbeitszimmer und nahm sich die Steuererklärung vor, seit zwei Monaten schob er sie vor sich her. Gegen sieben rief seine Frau ihn zum Essen, er setzte sich vor den Fernseher, sah sich die Nachrichtensendung an, blieb gleich hocken.

Seine Frau und Steffi setzten sich zu ihm, zusammen mit ihnen sah er einen Spielfilm, von dem er nicht einen Satz behielt. Er schreckte ein paarmal zusammen, wenn Steffi lachte und sich aufs Knie schlug. Er stand dreimal auf, um sich eine neue Flasche Bier zu holen.

Pünktlich um neun kam der Spaniel, wedelnd, und stieß ihn mit der Schnauze ans Knie. Grewe holte die Leine, zog seinen Mantel über. Gisela Grewe fragte, als er durchs Wohnzimmer ging und die Terrassentür öffnete: »Soll ich mitgehen?«

»Ach wo, bleib nur liegen, ich gehe nicht so weit mit ihm heute abend, ich bin gleich wieder da.«

Der Spaniel zog ihn hechelnd durch den dunklen Garten, Grewe öffnete das kleine Tor an der Rückseite, ließ sich mit tappenden Schritten weiterziehen, war schon auf dem Waldweg. Nach ein-, zweihundert Metern, als der Spaniel noch immer nicht locker ließ, zog Grewe scharf an der Leine: »Jetzt hör doch mal auf, Sammy, alter Idiot, was ist denn los mit dir heute abend?«

Der Hund blieb stehen, ein weißer Fleck in der Dunkelheit, witterte voraus. Grewe griff in die Tasche, steckte eine Zigarette in den Mund, rieb sein Feuerzeug an, dreimal, es wollte nicht sofort brennen. Er hielt es an die Zigarette, paffte.

Ein scharfer Peitschenknall zerriß die kalte, schwarze Luft, irgend etwas Bösartiges fuhr an Grewes Stirn vorbei, er ließ das Feuerzeug fallen. Der Spaniel begann wie verrückt zu bellen, zog einmal an der Leine, drängte sich dann bebend zwischen Grewes Beine.

Grewe stand starr. Dann ließ er sich plötzlich zu Boden fallen. Der Hund jaulte auf. Grewe kroch auf allen vieren an den Rand des Waldweges, warf die Zigarette weg, schrammte sich die Rechte schmerzhaft auf, verwickelte sich in die Hundeleine. Der Hund fiel über ihn, strampelte, eine Pfote fuhr Grewe ins Gesicht, er blieb im Gras am Rand des Weges liegen, ausgestreckt, Sammy versuchte, sein Gesicht zu lecken. Der Hund bellte nicht mehr.

Grewe glaubte, Schritte zu hören, Laufschritte, unter denen Äste brachen. Dann schlug eine Autotür zu. Ein Motor wurde gestartet, heulte sofort in Vollgas auf, Reifen quietschten. Der Wagen wurde schnell hochgeschaltet, entfernte sich. Nach einigen Sekunden war es totenstill.

16

Am Donnerstagmorgen stand Grewe schon um sieben Uhr mit seiner Frau und seinen Kindern auf. Er frühstückte, las das Lokalblatt hingebungsvoll und ausführlich, sagte seiner Frau, er wolle pünktlich um neun zu Beginn der Debatte im Bundestag sein. Sie fragte, was es denn Besonderes gebe.

Er geriet für den Bruchteil einer Sekunde in ratlose Verwirrung, dann fiel ihm noch rechtzeitig ein, daß eine Reihe von Wirtschaftsgesetzen auf der Tagesordnung stand: »Irgend so ein Wirtschaftsquatsch, aber Wandruschka will dazu vielleicht was Grundsätzliches von mir, es ist besser, wenn ich es mir anhöre, ich verstehe zu wenig davon.«

Kurz nach halb neun ging er in die Garage, suchte an der Werkbank hastig, als ob er Angst haben müsse, daß ihn jemand beobachtete, einen kleinen und einen mittelgroßen Schraubenzieher aus, steckte sie in die Manteltasche. Dort störten sie, als er sich in seinen Wagen setzte, er steckte sie in die Brusttasche. Er fuhr den Wagen vor die Garage und schloß das Tor.

Als er wieder einsteigen wollte, kam seine Frau aus der Haustür, sie lief zu ihm, auf Pantoffeln, sah ihn an. »Paß ein bißchen auf dich auf, Bär, ja?« Sah ihn noch einmal an, küßte ihn und lief wieder zurück. Die Haustür schloß sich.

Grewe fluchte laut und lästerlich die Windschutzscheibe an, als er losfuhr. Er nahm den Weg nach Bonn, bog nach zweihundert Metern ab, fuhr auf Umwegen zurück und parkte den Wagen nicht weit von seinem Haus in einer Seitenstraße, nahe am Waldweg. Er sah sich um. Die Straße war leer.

Er ging über den Waldweg zurück, in Richtung seines Hauses. Die Luft war kühl, aber erfrischend. Ein feiner Dunst hing zwischen den schlanken Stämmen der Bäume. Es roch angenehm nach den faulenden Blättern, die den Waldboden zu beiden Seiten des Weges bedeckten.

Nach dreißig Metern sah Grewe das Feuerzeug. Es lag – der hellblaue Kunststofftank war gar nicht zu übersehen – mitten auf dem Waldweg. Er ließ es liegen, stellte sich daneben, versuchte, die Position wiederzufinden, die er am vergangenen Abend eingenommen hatte, als der Schuß auf ihn abgefeuert wurde. Er glaubte, sich ziemlich sicher zu sein über die Richtung, aus der das Geschoß an seiner Stirn vorbeigeflogen war. Er verfolgte diese Richtung mit seinen Blicken, geriet in Zweifel, entschied sich dann aber doch für eine Baumgruppe nahe am Wege. Er stieg durch feuchtes Gras und über mürbes Gestrüpp hinweg, ging bis dicht an die Bäume heran und untersuchte sie, einen nach dem anderen.

Nach einer halben Stunde wollte er aufgeben. Als er sich schon zurückwandte, nur noch einen letzten, enttäuschten Blick über die Schulter warf, fiel ihm an dem vordersten der Bäume eine winzige helle Stelle auf.

Er ging langsam bis dicht an den Baum heran. Die Rinde war zersplittert. Er zog den kleinen Schraubenzieher heraus, versuchte, die Bruchstelle zu erweitern. Nach zwei Minuten hatte er das Geschoß gefunden. Er hebelte es mit dem Schraubenzieher heraus, fing es in der hohlen Hand auf.

Das Geschoß kam ihm sehr klein vor. Merkwürdig, daß ein solch lächerliches Ding dieses ganze uferlose, chaotische Leben mit einem Schlag hätte auslöschen können.

Er riß eine Seite aus seinem Notizblock, wickelte das Geschoß ein und barg es in der Jackentasche. Er knöpfte den Mantel wieder zu und ging zurück. Fast wäre er an seinem Feuerzeug vorbeigelaufen.

Um Viertel vor zehn schloß er die Tür seines Büros auf. Frau Honold war noch nicht da, sie kam jeden Tag pünktlich um zehn vor zehn. Während er seinen Mantel über den Bügel hängte, summte das Telefon. Er nahm ab. »Grewe.«

Ein Atemzug, dann fast ein Schluchzen. Dann: »Wie geht es dir?«

Grewe empfand eine ungeheure Erleichterung. Die Trümmer, unter deren Last er seit dem Abschied in

Delvos' Wohnung gelitten hatte, fielen von ihm ab. Er holte tief Atem. »Es geht mir gut. Jetzt geht es mir wieder gut. Wie geht es dir?«

»Gut. Jetzt geht es mir wieder gut. Aber es ist mir sehr schlecht gegangen. Gestern nachmittag, gestern abend, die ganze Nacht.«

»Was hast du gemacht?«

»Ich war zu Hause. Ich habe vor lauter Verzweiflung Monika angerufen, aber sie hatte keine Zeit. Lutz wollte mich mitnehmen, zu irgendeiner Ausstellung. Ich konnte nicht. Ich hab' geglaubt, ich sterbe.«

»Ich auch.«

»Peter . . . es tut mir leid, daß ich gestern mittag so bös geworden bin. Ich . . . ich wollte dich nicht Familienvater nennen, und Hundehalter, und Spießer habe ich, glaub' ich, auch gesagt.«

Er lachte. »Das stimmt doch alles. Und Spitzel hast du auch gesagt. Und das stimmt doch auch.«

»Nein, es stimmt nicht, Peter . . .«, ein Schluchzen, »ich kann ohne dich nicht leben. Ich kann auf dich nicht verzichten. Ich weiß nicht, was du mit mir angestellt hast. Peter, können wir uns heute sehen?«

Ein angenehmes, ein wohliges Gefühl durchströmte ihn. »Ich denke schon. Heute mittag vielleicht?« Dann erst fiel ihm ein, daß er mit seiner Frau zu einem Essen eingeladen war. Aber sie enthob ihn der Verlegenheit.

»Heute mittag kann ich nicht. Aber heute abend ginge es. Steinkamp geht in die Landesvertretung, die machen da einen geselligen Abend. Ich werde ihm sagen, es geht mir immer noch schlecht.« Ihre Stimme sank ein wenig ab, sie transportierte Verheißung, Geheimnis: »Wir könnten in Monikas Wohnung gehen, sie geht aus.«

Grewe zögerte einen Augenblick. Dann: »Ich wollte auch in die Landesvertretung gehen.«

Sie schwieg ein paar Sekunden lang, faßte sich aber wieder. »Du willst wieder mit Lutz reden. Du hast dich schon erkundigt, ob er eingeladen ist und ob er zugesagt hat.«

»Ja.«

Wieder eine Pause.

»Peter, tu's nicht. Laß es doch, ich bitte dich. Es kann doch gar nichts Gutes dabei herauskommen. Nicht für dich und nicht für mich, und ganz bestimmt nicht für ihn. Laß ihn doch in Ruhe, Peter. Der Mann ist todkrank. Du machst alles kaputt mit deiner krankhaften Neugier. Und wenn du alles kaputtgemacht hast, stellt sich am Ende vielleicht heraus, daß es doch irgendwelche Idioten von Terroristen waren, die Delvos gar nicht kannten und denen vielleicht auch Nesselrath völlig egal war, und die nur zeigen wollten, daß es sie gibt, und denen es völlig egal war, wer dabei draufging.«

Grewe griff nach dem kleinen roten Frosch, ließ das Klemmenmaul auf- und zuklappen. »Das kann ich nicht ausschließen. Da hast du recht.«

»Aber wenn ich recht habe: Warum läßt du es dann nicht, Peter?« Wieder sank die Stimme ab. »Möchtest du denn nicht heute abend mit mir zusammensein? Peter, ich bin ganz verrückt nach dir, ich rutsche hier schon die ganze Zeit«, sie begann zu lachen, »auf meinem Stuhl hin und her.«

Grewes Kehle zog sich zu, er schluckte: »Ich möchte sehr gern mit dir zusammensein. Und nicht nur heute abend.«

Die Tür des Sekretariats schlug zu. Frau Honold steckte den Kopf durch Grewes Tür, sie war noch im

Mantel, trug einen Packen Post auf dem Arm: »Morgen.«

»Morgen, Frau Honold.«

Sie zog sich zurück, schloß die Tür aber nicht. Grewe senkte die Stimme. »Du, ich muß mal Schluß machen. Ich ruf' dich später wieder an. Okay?«

»Okay.«

Kurz vor eins fuhr er los, zum Gästehaus der Regierung auf dem Venusberg. Seine Frau hatte ihren Wagen schon in einer Seitenstraße geparkt, sie wartete am Eingang auf ihn. Der Himmel war wolkenlos, er funkelte blau und golden über den dunklen Kiefern.

Die Auffahrt war im Gange, Autotüren klappten, die bunten Stander auf den Kotflügeln glitten an ihnen vorbei. Das Essen wurde zu Ehren eines afrikanischen Botschafters veranstaltet, der aus Bonn Abschied nehmen mußte. Sie begrüßten den Staatssekretär, der als Gastgeber in Erscheinung trat, einen der sympathischsten Menschen, die Grewe je in Bonn kennengelernt hatte, groß, schlank, leicht vornübergebeugt, Lachfalten an den Augen, ausgestattet mit der raren Fähigkeit zur Selbstironie.

Grewe fühlte sich behaglich, als sie an der Tafel Platz genommen hatten. Er bedauerte, daß nicht eine der Afrikanerinnen in den farbigen, glänzenden Gewändern, aus denen das volle Fleisch hervordrang, neben ihm saß. Aber es erleichterte ihn, daß er sein Französisch nicht strapazieren mußte. Seine Tischdame war eine kleine, schmale Malayin in einem himmelblauen Sarong, mit riesengroßen Augen. Sie sprach ein Englisch, das auf eine merkwürdige Art winzig klang.

Grewe unterhielt sie eine Weile, ein paar Scherze gelangen ihm, sie kicherte scheu auf ihre ihm abgewandte Schulter hinab. Nach einer Weile nahm Grewe sich die Freiheit, die Unterhaltung auf längere Phasen zu unterbrechen, er träumte in den Garten hinaus. Er war ein paarmal hier gewesen, als noch ein früherer Bundeskanzler, als ein späterer Bundespräsident in diesem Haus wohnten. Sonntagvormittage im Sommer, die weißen Stühle auf dem Rasen, ein leichter Wind zog durch die Kiefern herüber und ließ einen Hauch der Waldeswürze spüren.

Der Staatssekretär hob die Tafel auf. Grewe suchte seine Frau, er hatte sie völlig vergessen. Sie stand bei einem portugiesischen Diplomaten, den er einmal auf einem Parteitag kennengelernt hatte, ein glutäugiger, sehr umgänglicher Mensch. Sie fing seinen Blick auf, verabschiedete sich und kam zu ihm.

Als sie nebeneinander zur Ausfahrt gingen, die jungen Leute vom Bundesgrenzschutz grüßten freundlich »Auf Wiedersehen«, fragte er ein wenig beklommen: »Wie war's?«

Die Antwort kam sofort: »Ich bewundere immer wieder deine Fähigkeit, andere Frauen zu unterhalten.«

»Wieso?«

»Wirklich. Ich habe selten einen Tischherrn gesehen, der mit seiner Dame so liebenswürdig umgeht wie du. Der Klotzkopf, neben dem ich saß, hat keine drei Sätze herausgebracht.«

»Der Portugiese? Das ist doch kein Klotzkopf?«

»Ich habe neben einem Engländer gesessen. Aber das hast du nicht bemerkt, das ist mir schon klargeworden.«

Er blieb stehen. Sie ging drei Schritte weiter, blieb dann stehen, wandte sich um, sah ihn an. Die Stander glitten an ihnen vorbei.

»Sag mal, Gisela, was soll das? Würde es dir Spaß

machen, wenn ich mich an so eine Tafel setze und keine drei Sätze herausbringe?«

»Was mir Spaß macht, kannst du ruhig vergessen. Du hast es ja schon vergessen. Du hast es schon ziemlich lange vergessen.«

Sie schluchzte einmal trocken auf. Und dann sah Grewe, daß ihre Augen sich mit Tränen füllten. Sie ging weiter, ziemlich schnell, mit ihren schlanken, leicht nach außen stehenden Beinen.

Er warf einen Blick über die Schulter, einer der Sicherheitsbeamten beobachtete sie interessiert, wandte sich dann ab. Nach zehn Metern hatte Grewe sie eingeholt. Er ging neben ihr her.

»Gisela, willst du mir nicht sagen, was los ist? Ich weiß wirklich nicht, was ich jetzt schon wieder verbrochen habe.«

Sie sah starr zu Boden. Zwei Tränen liefen langsam ihre Wangen hinab, sie marschierte in unverändertem Tempo weiter, nahm keine Notiz von ihm.

»Oder willst du jetzt wieder den Vorhang herunterlassen und tagelang herummotzen?«

Sie marschierte weiter, stumm und starr.

»Gisela, ich sag' dir was: Ich laufe jetzt höchstens noch zwanzig Meter wie eine Affe hinter dir her, und wenn du bis dahin den Mund nicht aufmachst, ist Schluß. Ich laß mich nicht zum Clown machen, auch von dir nicht. Also sag, was du hast, oder sag's nicht, und scher dich zum Teufel.«

Sie marschierte weiter.

Grewe blieb stehen, wandte sich abrupt um und ging zu seinem Wagen zurück. Er fuhr mit quietschenden Reifen los.

In seinem Büro schritt er wortlos an Frau Honold

vorbei, schloß die Tür hinter sich, wählte die siebenstellige Nummer.

»Ich bin's. Ich komme heute abend.«

Ein unterdrückter Jauchzer. »Peter, du bist ein Schatz! Ich freu' mich irrsinnig.« Dann, absichtsvoll tuschelnd: »Ich werd' mir was ganz besonders Schönes ausdenken, hörst du, du kleines Ferkel?«

Er fragte sie, ob die Adresse von Monika Tsaldaris, die er aus dem Telefonbuch abgeschrieben hatte, richtig sei. Sie verabredeten sich für sieben Uhr in Monikas Wohnung.

17

Um sechs schickte Grewe Frau Honold nach Hause. Er hatte Wandruschka davon überzeugt, daß die Redaktion die Bundestagsdebatte den Agenturen entnehmen konnte, hatte eine matte Geschichte über einen heimlichen Zwist in der FDP-Fraktion geschrieben, die ganze Sache auch noch ziemlich übertrieben dargestellt, damit sie überhaupt lesbar wurde, hatte Wandruschka mit Mühe ausgeredet, daß man diesen Fall in einem Kommentar aufspießen müsse. Kurz nach sechs fand er sich ganz überraschend in einer totalen Windstille wieder.

Er saß an seinem Schreibtisch, sah zum Fenster hinaus. Der Himmel wurde dunkel, der flach geschwungene Kamm des Venusberges hob sich bereits schwarz und scharf von dem noch lichten Westen ab. Er hatte den Lautsprecher, aus dem die Bundestagsdebatte übertragen wurde, weit zurückgedreht, die Membrane lieferte nur noch ein undeutliches Gebrabbel, einen sanften Geräuschteppich, in den der Fernschreiber aus dem Büro nebenan ein geradliniges Muster webte.

Grewe blieb fast zehn Minuten regungslos sitzen. Er dachte ein paarmal daran, sich eine Zigarette anzuzünden, konnte sich aber nicht dazu aufraffen, seine Arme von der Schreibtischplatte zu heben. Um Viertel nach sechs stand er plötzlich auf, zog seinen Mantel an, löschte das Licht und schloß das Büro ab. Er ging in scharfem Tempo hinunter an den Rhein, sah einen Augenblick lang nach rechts in die dämmrigen Anlagen der Gronau hinunter, erinnerte sich – es war wie ein plötzlich aufkommender und wieder vergehender milder Windzug – an Nachmittage im Frühling, auf der unebenen Steintreppe hinab zum Strom, das schmutzige Wasser hatte die Kiesel am Ufer überspült, die Luft war köstlich gewesen und sein Glück grenzenlos.

Er schüttelte stumm den Kopf, wandte sich nach links und lief am Bundeshaus vorbei stromabwärts. Über die Kennedybrücke glitten, hinüber und herüber, lautlos in der Ferne, die Lichtpunkte des abendlichen Verkehrs.

Ihm fiel wieder das Bild aus dem Ernst-Moritz-Arndt-Haus ein, ein Gemälde von Abraham Storck, *Das Bonner Rheinufer, 1674:* ein wäßriger Frühlings- oder vielleicht auch Frühherbstnachmittag, Haufenwolken über der Stadt, auf den Wolken ein Abglanz des westlichen Lichts, Abglanz auch auf den Häusern am Ufer; ein steiler Bau mit hohem Torbogen, darüber drei Fensterreihen, durch Gesimse voneinander getrennt, ein Türmchen auf dem Dach und merkwürdig stilles Leben am Ufer und auf dem Strom; Spaziergänger, in der Betrachtung wie erstarrt, eine kleine, bauchige Kogge unter Segel; im Vordergrund ein flaches, langes Fährboot, darauf ein einachsiges Planwäglein mit Pferd, Männer mit breitrandigen Hüten, langen Locken; das Fährboot und die Kogge schienen auf dem Strom zu gleiten, das war wohl wahr, aber sie glitten kaum merklich, in einer unendlich langsamen, auf die Ewigkeit bemessenen Bewegung.

Ihm wurde bewußt, daß er sich noch immer nicht vergewissert hatte, an welcher Stelle des Rheinufers diese Szene Leben gewesen war, ja: stilles, aber atmendes, unendlich ruhig atmendes Leben, vor mehr als 300 Jahren. Er hatte seine Zeit vergeudet, er hatte sie in dieser schönen alten Stadt mit aberwitzigem Firlefanz, den sie Arbeit nannten, vergeudet.

Um Viertel vor sieben hatte Grewe das Pressehaus wieder erreicht, er bog, noch immer in scharfem Tempo, auf den schmalen Fußweg ein, blieb plötzlich wieder stehen. Er sah auf die niedrigen Sträucher, sie hockten schwärzlich am Rand des Weges. Hinter den Gardinen des Restaurants am Tulpenfeld glühten die Tischlampen. Grewe bückte sich, brach wieder einen Zweig ab, drehte ihn zwischen den Fingern und trug ihn bis in sein Büro. Er nahm sich nicht einmal die Zeit, die Tür zum Flur hinter sich zu schließen. Er wählte die Nummer von Monika Tsaldaris, stand stumm da in seinem Mantel, den Hörer am Ohr, und sah zum Fenster hinaus.

»Monika Tsaldaris.« Er hatte noch nie eine Stimme gehört, die so von Rauch erfüllt war.

»Guten Abend, Frau Tsaldaris, hier ist Peter Grewe.«

»Ah, ja«, der Tonfall gab ein schwaches, aber deutliches Signal des Erkennens, eine Spur von Überraschung, eine Spur auch von gespannter Neugier. »Guten Abend, Herr Grewe.«

»Könnte ich vielleicht Frau Steinkamp sprechen?«

»Sie ist noch nicht hier, es tut mir leid, sie müßte allerdings jede Minute kommen.«

Grewe zögerte nur den Bruchteil einer Sekunde, dann: »Könnten Sie ihr vielleicht etwas ausrichten?«

»Aber gern, Herr Grewe.«

»Sagen Sie ihr bitte, ich könne leider nicht kommen. Es täte mir schrecklich leid. Aber es geht nicht.«

»Oh, das ist aber schade.« Sie schien wirklich betroffen zu sein. Dann – der Rauch, der ein wenig aufgewirbelt worden war, senkte sich und füllte wieder die ganze Stimme aus: »Sie wird schrecklich enttäuscht sein. Ich bin es übrigens auch. Ich hatte gehofft, Sie vielleicht noch kurz kennenzulernen.«

»Vielleicht ein andermal. Übrigens: vielen Dank.«

»Keine Ursache, Herr Grewe. Ich hätte Ihnen sehr gern geholfen. Ihnen und Lilo, natürlich.«

»Guten Abend, Frau Tsaldaris.«

Sie sagte hastig: »Herr Grewe!«

»Ja?«

»Kann ich ihr sonst nichts sagen? – Gar nichts?«

Grewe biß sich auf die Lippen, fuhr sich mit den Fingern der Rechten an die Augen, senkte den Kopf. »Sagen Sie ihr, es täte mir schrecklich leid. Und das sei die Wahrheit. Sagen Sie ihr, ich werde sehr . . . sehr behutsam sein. Danke.« Er legte auf. Er rief nicht mehr zu Hause an. Er löschte das Licht, schloß das Büro ab und ging langsam durch die dunklen Straßen zum Haus der Landesvertretung.

18

Es gab die Spezialitäten des Bundeslandes, von fetter Wurst bis zu Heimatliedern und Volkstänzen. Die Frauen des eigens nach Bonn geholten Trachtenvereins drehten sich unter den hochgereckten Armen ihrer Partner. Die Röcke flogen, Klarinetten quiekten. Der Herr Minister, Chef der Landesvertretung, hielt eine von seinem Pressereferenten sorgfältig auf Witz angelegte kleine Rede. Nesselrath, zu Gast an der Stätte seines früheren Wirkens, warf ein um das andere Mal den Kopf mit den aschblonden, kurzgeschnittenen Haaren in den Nacken und lachte auf das herzlichste.

Steinkamp, in blauem Nadelstreifen, war knapp zwei Stunden nach dem Beginn der Veranstaltung stark betrunken. Er hatte Grewe, als der eintraf, an den Tisch gezogen, an dem er bereits heiser präsidierte: »Kommen Sie, mein Lieber, ich weiß nicht, ob Sie sich alle schon kennen, dies hier ist jedenfalls Herr Peter Grewe, Journalist, er riecht im voraus, wo was stinkt in Bonn, ist mir gesagt worden.« Die Damen am Tisch riefen: »Nein!« und: »Aber, Herr Steinkamp!« Grewe setzte sich lächelnd auf den letzten freien Platz, Steinkamp gegenüber, an der anderen Schmalseite des Tisches.

Nesselrath saß zur Rechten Steinkamps, dann folgte ein Paar, das Grewe zunächst sehr irritierte, der Kriminaloberkommissar Fahlenbock von der Bonner Mordkommission mit seiner Frau Hedwig, der jedoch, wie Grewe sich später sagte, in diesem Rahmen lediglich die Funktion des Bonner Lokalkolorits ausübte und keineswegs in dienstlicher Obliegenheit anwesend war. Fahlenbock fragte Grewe auch sehr bald nach Karten für den nächsten Presseball.

Zur Linken Steinkamps saß eine verblühte Blondine, Frau eines Bundestagsabgeordneten, dann der Abgeordnete persönlich, dann, zur Rechten Grewes, eine schlanke, mittelalterliche Sekretärin der Landesvertretung, die mit Nesselrath offenbar gut bekannt war und beachtliche Mengen der fetten Wurst zu sich nahm. Grewe fragte sich, ob Nesselrath auch mit ihr den Mambo getanzt hatte.

Als das Programm schon eine Weile vorüber war, konzentrierten sich die zum Bleiben Entschlossenen auf einige Tische und begannen das sogenannte Wirkungstrinken zu veranstalten. Es war kurz vor neun. Steinkamp beendete das Vorgeplänkel und ging zu gezieltem, schwerem Beschuß über. Er hatte Grewe von Anfang an gefrotzelt, über die Länge des Tisches hinweg, in immer kürzer werdenden Abständen. Er hatte das Thema des Gestanks, den Grewe rieche, noch bevor er entstehe, breit variiert, in immer groberen Formulierungen.

Grewe glaubte den Grund dieser Aggression zu wissen und fühlte sich mehr und mehr befriedigt, seinen Verdacht auf diese Weise bestätigt zu finden. Zugleich schaute er jedoch beunruhigt zu, wie Steinkamp den kühlen weißen Wein in sich hineinschüttete. Es war abzusehen, wann Steinkamp sinnlos betrunken sein würde, und da alle an diesem Tisch wie festgewurzelt saßen, würde er ihn nicht mehr rechtzeitig unter vier Augen sprechen können.

Steinkamp nahm ihm die Sorge ab, er sprach Grewe direkt und unmißverständlich an. Den Teil der Unterhaltung am oberen Tischende, der ihm dazu den Anlaß lieferte, hatte Grewe nicht mitbekommen, weil er seit geraumer Zeit dem Oberkommissar die abgründigen Spielregeln des Bonner Journalismus erklärte. Die direkte Zielansprache Steinkamps bekam er mit, und sie entging niemandem in der Runde.

Steinkamp stützte den rechten Ellbogen im blauen Nadelstreifen heftig auf die Tischplatte, die weiße Manschette trat hervor, er spreizte einen dicken Zeigefinger von der Schaufel seiner Rechten ab und stieß ihn wiederholt in Grewes Richtung. Nesselrath zog geschwind das Weinglas beiseite.

»Da, da sitzt auch so einer, ein Journalist. Wißt ihr, was das ist? Das interessiert sich für Gestank. Ein Hund ist nichts dagegen. Die interessieren sich alle für Gestank, die Hunde, die Herren Journalisten meine ich. 'tschuldigung, aber der da, der . . . der hat eine besonders stinkige Nase. Und der interessiert sich auch nicht bloß für Gestank. Die Brüder alle miteinander, die Herren Journalisten, meine ich, nein, die interessieren sich für alles mögliche, die interessieren sich zum Beispiel«, er begann zu lachen, in sich hinein, in langsamen, heftigen Stößen der breiten Brust, schloß die Augen halb, öffnete sie wieder und sah Grewe an, »die interessieren sich zum Beispiel auch für die Frauen anderer Leute.«

Grewe, der spürte, wie die drei Damen und der Oberkommissar ihn musterten, Nesselrath und der Abgeordnete sahen ins Glas, Grewe begriff, daß die Aggression einem anderen Grund entsprang, als er vermutet hatte, und daß sie gefährlich war.

Er stand auf, ging zu Steinkamp, legte ihm die Hand auf die Schulter und sagte: »Herr Steinkamp, wie wär's, wenn wir beide jetzt mal rausgehen?«

Steinkamp schüttelte Grewes Hand mit einer einzigen,

heftigen Bewegung seiner breiten Schulter ab: »Was willst du, du willst mit mir rausgehen?«

Grewe hob halb die Hand hoch, faßte sie mit der anderen und krampfte seine Finger ineinander. Sein Jähzorn, den er sehr lange nicht mehr gespürt hatte, wallte auf und verdrängte die Erkenntnis völlig, daß Steinkamp, obwohl er fünfzehn Jahre älter war, ihn wahrscheinlich mit einem einzigen Schlag seiner Schaufel außer Gefecht setzen würde.

Nesselrath rutschte mit zurückgezogenem Oberkörper an Frau Fahlenbock heran, der Oberkommissar rückte seinen Stuhl nach hinten und erhob sich halb. Der Frau des Abgeordneten stand der Mund offen.

Steinkamp lachte: »Junge, wollen wir uns tatsächlich kloppen?« Er seufzte einmal tief, wischte sich mit dem Handrücken das Wasser aus dem Auge, stand auf, griff jäh nach der Stuhllehne. »Du hast recht, komm, wir gehen mal raus.«

Er tastete sich um die Tischecke herum, suchte nach Halt, und plötzlich fand Grewe sich in der Situation, den betrunkenen Ehemann seiner Geliebten zu stützen und nach draußen zu führen. Steinkamp schlang den Arm schwer um seine Schulter. Sie waren noch in Hörweite des Tisches, als Steinkamp mit offenem Mund rülpste, sich mit der Hand über die feuchten Lippen fuhr und heiser sagte: »Ich muß mal schiffen, und wie!«

Grewe stellte ihn, niemand außer ihnen war auf der Toilette, vor das Becken, blieb einen Augenblick hinter ihm stehen, mit halberhobenen Händen, Steinkamp blickte über die Schulter. »Komm, Junge, brauchst keine Angst zu haben, ich falle nicht um.« Grewe trat neben ihn an das nächste Becken. Steinkamp blieb eine Weile stehen, sah nach unten, leicht schwankend, dann wandte er den Kopf, sah Grewe aus den sehr blauen Augen an, sagte heiser und sehr ruhig: »Warum hast du das getan mit meiner Frau?«

Es war Grewe selten in seinem Leben so schwergefallen, einem Blick standzuhalten, aber er brachte es fertig, in einem verzweifelten Versuch der Selbstbehauptung. Er sagte: »Wie kommst du darauf?«

Steinkamp sah wieder nach unten, lachte in sich hinein, die schwere Brust bebte. »So dämlich kannst du doch wirklich nicht sein.« Er sah Grewe wieder an. »Meinst du, es gibt in Bonn keine Privatdetektive? Ganz so gut wie Philipp Marlowe sind die vielleicht nicht, aber einen ordinären Ehebruch finden sie alle Tage heraus, wenn du ihnen das nötige Kleingeld gibst.«

Grewe sah vor sich hin. Er fürchtete sich, und er fürchtete sich zu Recht.

Wieder sagte die heisere Stimme: »Warum hast du das getan mit meiner Frau?«

Grewe wußte, daß er diesem Blick nicht noch einmal standhalten konnte. Er mußte in die Offensive gehen. Er sagte, starr geradeaus blickend: »Warum hast du Claus Delvos umgebracht?«

Er hörte, daß Steinkamp wieder lachte. »Ich hab' von Anfang an gewußt, daß du ein cleverer Junge bist. Aber vielleicht bist du doch eine Idee zu clever.« Steinkamp knöpfte seine Hose zu.

Grewe drehte sich langsam, sehr vorsichtig zur Seite.

Steinkamp sah ihn an, lächelnd, schwer atmend, stützte sich mit einer Hand auf den Kacheln ab. »Du hast ja recht. Ich hatte ein Motiv. Und ich hatte vielleicht sogar die Gelegenheit. Ich nehme an, du hast herausgefunden, daß die Beschreibung dieses Mädchens genau auf meine kleine Freundin paßt?«

Grewe nickte.

»Na, siehst du. Hast du auch herausgefunden, daß sie sich in Paris hin und wieder mit Leuten herumtreibt, die zur Not so eine Bombe basteln können?«

Grewe schüttelte den Kopf.

»Na, siehst du, jetzt weißt du das auch.« Steinkamp tat einen wankenden Schritt auf das Waschbecken zu. Grewe griff nach seinem Arm. »Schon gut, Junge, ich schaff' das schon.« Steinkamp zog sein Jackett aus, gab es Grewe, der hielt es über dem Arm, während Steinkamp die goldenen Manschettenknöpfe löste, die weißen Hemdärmel hochstreifte, die Krawatte lockerte und den Wasserhahn aufdrehte, er hielt den Kopf in das Becken, schaufelte sich mit beiden Händen Wasser über den Nacken, über die grauen Haare, prustete und schnaufte.

Zwei Herren traten ein, sahen befremdet auf das Schauspiel, stellten sich an die Becken, tauschten ein paar halblaute Sätze, ein unterdrücktes Lachen aus, ordneten ihre Kleidung, ließen an dem zweiten Waschbecken Wasser über die Fingerspitzen laufen und gingen wieder.

Steinkamp trocknete sich mit Papierhandtüchern ab, die Grewe ihm reichte. »So, Junge«, er streckte das breite Kinn steil nach oben, rieb sich den Hals, dann den Mund, »jetzt gehen wir wieder rein und trinken einen miteinander oder auch zwei, wir zwei allein.« Er rieb sich rund um den Kopf herum. »Und dann sagst du mir, warum du das getan hast mit meiner Frau.« Grewe half ihm ins Jackett.

Er schob Steinkamp an einen leeren Tisch gleich neben dem Eingang, Steinkamp rief heiser und laut den nächsten Kellner an. »Bringen Sie doch mal zwei

Schoppen von dem Weißen!« Er sah auf die Uhr. »Menschenskind, jetzt hätte ich fast vergessen, mein Lebenselixier zu nehmen.« Hastig zog er die goldene Pillendose aus der Tasche des Jacketts. Grewe stand auf und sah sich nach einem Mineralwasser um. Als Steinkamp die Tablette in den Mund warf, löste sich Nesselrath von der Tischgesellschaft, die sie seit ihrer Rückkehr mit Seitenblicken beobachtet hatte, und kam herüber, das Glas in der Hand.

Steinkamp knurrte heiser: »Ah, ja. Mambo, der hat uns noch gefehlt.« Er sah Grewe an. »Aber was soll ich dir sagen, Junge: der gehört auch dazu. Den werden wir nicht los, ich nicht, und du auch nicht.«

Nesselrath blieb vor dem Tisch stehen, leicht vornübergeneigt, lächelte durch die randlose Brille, das Glas in der Hand: »Alles in Ordnung?«

»Alles in Ordnung, setz dich her, Mambo! 'tschuldigung, Herr Miniseral . . . Ministeral . . . ach, Scheiße, setz dich, Mambo!«

Nesselrath setzte sich. Er lächelte noch immer, aber sein Lächeln war entschieden kälter als zuvor. Grewe saß stumm. Der Kellner brachte die beiden Schoppen. Steinkamp stieß mit Grewe an, trank in langen Schlukken. Nesselrath, der sein Glas zum Anstoßen hatte erheben wollen, preßte die Hand auf den Fuß des Glases.

Steinkamp wischte sich den Mund ab, rülpste ohne eine Spur von Zurückhaltung. Er nahm die Pillendose, die noch vor ihm lag, auf, drehte sie in der Hand, betrachtete sie, legte sie wieder ab. »Wißt ihr, was ich denke, wenn ich euch beide hier so sehe?«

Schweigen, langes Schweigen. Steinkamp seufzte.

»Ich denke, daß ich von morgen an aufhöre, diese Tabletten zu fressen. Und dann ist das ganze Elend in ein paar Tagen vorüber. Und ihr beide könnt euch schlagen. Na, wär' das was?«

Nesselrath warf einen scharfen Blick auf Grewe, sah dann Steinkamp an. »Ich verstehe nicht.«

»Ach, Sie verstehen nicht, Herr Min . . ., Herr Dingsda. Herr Doktor. Dann will ich's Ihnen mal so sagen, daß Sie es verstehen: Du hast nie deine Finger von ihr lassen können, Mambo. Du hast deine geilen Finger ausgestreckt, als sie neunzehn war, und seitdem hast du's nicht lassen können. Und sie hat's auch nicht lassen können, ich weiß zwar nicht, warum, aber sie hat's auch nicht lassen können. Vielleicht sind es die Jugenderinnerungen.« Er sah Nesselrath an. »Verstehen Sie mich jetzt, Herr Doktor?«

Nesselrath, ganz unverkennbar bleich geworden, stieß hervor: »Das ist unerhört. Das ist unglaublich.«

»Ach, hör doch auf, Mambo, scheiß dir nicht in die Hose. Grewe, komm, ich muß schon wieder pinkeln, geh mit mir, Junge. Dieser Beamte hier braucht nicht, der schwitzt das durch die Rippen.«

Grewe, dem ein eisiges Gefühl vom Magen bis in die Kehle hinaufkroch, griff nach Steinkamp, als der an der Tischkante hängenblieb. Er wollte ihn auf die Toilette führen, aber Steinkamp hielt ihn vor der Garderobe fest, sah um sich, niemand war zu sehen, flüsterte ihm heiser zu: »Ich muß ja gar nicht, ich konnte diesen Kerl nur nicht mehr sehen.« Und plötzlich, Grewe glaubte, der Himmel bräche über ihm zusammen, plötzlich legte er seinen Kopf auf Grewes Schulter und stöhnte: »Warum hast du das bloß getan mit meiner Frau, du verdammter Hund, warum hast du das bloß getan?«

Grewe stand starr, er roch Steinkamps Parfum, hielt den schweren Mann fest, sie schwankten hin und her.

Eine Dame und ein Herr kamen zur Garderobe, stutzten. Grewe schenkte ihnen keine Beachtung. Der Herr nahm sehr eilig zwei Mäntel ab, half der Dame in den Mantel, entfernte sich, mit seinem Mantel über dem Arm, nach einem konsternierten Seitenblick sehr eilig mit der Dame.

Steinkamp hob seinen Kopf von Grewes Schulter. Grewe glaubte zu zerspringen. Er sah, daß Steinkamps Augen voll von Tränen waren.

Steinkamp sah Grewe an. »Du und dein Freund Delvos, Journalisten, mhm? An alles müßt ihr euch heranmachen, ihr Mistkerle.« Er packte Grewe an beiden Schultern, begann ihn zu schütteln.

Grewe versuchte Widerstand zu leisten, aber es half nichts, der Mann war zu stark, Grewes Kopf pendelte hin und her.

Steinkamp hörte auf, Grewe zu schütteln, hielt ihn an beiden Schultern fest, stützte sich schwer auf ihn. »Weißt du, diesen Mambo, den hätte ich vergessen können. Vielleicht hätte ich, wenn ich mich ein bißchen angestrengt hätte, sogar deinen Freund Delvos vergessen können, ich glaube, das war bloß ein Spinner. Aber dich, du Hund«, er begann, Grewe wieder zu schütteln, »ich fürchte, dich werde ich nicht vergessen können. Du bist ein Schweinehund, du bist gefährlich.«

Er hielt ein, hielt Grewe wieder fest. »Warum hast du das bloß getan mit meiner Frau?«

Plötzlich begann er zu lächeln, unter Tränen, die ihm schwer über die Lidränder quollen. »Ich weiß ja, warum du's getan hast, ich war ja genau so wie du. Was glaubst du, wie vielen Ehemännern ich Hörner aufgesetzt habe? Ich hab's ja doch genossen, den Triumph, jedesmal.«

Er schluchzte jäh. »Und jetzt weiß ich, wie's denen zumute war. Kannst du dir's vorstellen? Kannst du dir vorstellen, wie mir zumute ist, du Schweinehund? Weißt du, was du mir antust? Grewe, ich werd' das nicht aushalten, ich geh' kaputt daran. Weißt du was? Ich werd' Schluß machen, ehe ich daran kaputtgehe. Grewe . . .«

Er suchte Grewes Gesicht ab mit den sehr blauen Augen, aus denen die Tränen jetzt immer schneller hervorquollen. »Grewe: Kannst du sie nicht in Ruhe lassen? Grewe: Bitte!«

Grewe würgte, er wollte eine Antwort geben, aber er brachte sie nicht über die Lippen, sein Mund war wie tot.

Steinkamp schüttelte ihn sanft. »Laß nur, Junge, ich weiß es doch. Du wirst es nicht lassen können, ich weiß es doch. Und sie wird es auch nicht lassen können, immerzu, immerzu.«

Abrupt ließ er Grewe los, ging zur Garderobe, fand seinen Mantel mit einem einzigen, wenn auch weit ausholenden Griff. »Besorgst du mir ein Taxi?«

Als Grewe mit Steinkamp vor der Drehtür stand, stumm, fröstelnd, hörte er in seinem Rücken ein schleifendes Geräusch. Nesselrath trat heraus, Steinkamps Pillendose in der Hand. »Herr Steinkamp, Sie haben Ihre Tabletten vergessen.«

»Steck sie dir in den Arsch, Mambo.«

Grewe nahm die Pillendose, verstaute sie in Steinkamps Manteltasche.

Nesselrath sagte: »Unglaublich!« und ging zurück durch die Drehtür.

Als Grewe Steinkamp auf den Rücksitz des Taxis geschoben hatte, als Steinkamp die Tür zuziehen wollte, hielt Grewe sie fest. »Steinkamp . . .«

Steinkamp sah ihn an, lächelte: »Schon gut, Junge.«

Grewe sah dem Taxi nach. Als die Rücklichter

verschwunden waren, steckte er beide Hände in die Hosentaschen, sah auf den Boden, trat ein paarmal nach einem Steinchen, das nicht zu sehen war. Plötzlich wandte er sich um, ging zurück durch die Drehtür, suchte ein Telefon, fand es neben der Garderobe, wählte Lilos Nummer.

»Ja, bitte?«

»Ich bin's.«

»Was du nicht sagst.«

»Hör zu, Lilo, wir haben nicht viel Zeit. Ich habe ihn eben in ein Taxi gesetzt, er wird gleich zu Hause sein.«

»Er lebt also noch? Du hast ihn nicht auf der Stelle umgebracht?«

»Er weiß alles, Lilo. Er weiß, daß du ein Verhältnis mit Delvos hattest. Er weiß auch das von uns beiden. Er hat offenbar einen Privatdetektiv auf dich angesetzt, schon seit langer Zeit. Und er sagt, daß du auch was mit Nesselrath hast.«

»Du bist doch nicht normal.«

»Ich sage dir nur, was ich von ihm selbst erfahren habe.«

»Gratuliere. Hast du auch ein schriftliches Geständnis von ihm bekommen, daß er Delvos ermordet hat?«

Grewe sah durch das Fenster der Telefonzelle. »Ich bin nicht mehr so sicher.«

»Das ist doch nicht möglich, hör mal, Peter, du läßt mich wirklich an dir zweifeln!«

»Er hat es nicht abgestritten, ja. Aber ich bin trotzdem nicht mehr so sicher.«

»Also, weißt du, Peter, ich bin ja völlig sprachlos! Ich sehe schon, was passiert ist: Lutz hat aus dir einen neuen Menschen gemacht.«

Grewe schluckte alles hinunter, was in ihm hochkochte. Er sagte: »Lilo, ich hab' eine Bitte.«

»Und die wäre?«

»Gib gut acht auf ihn. Bitte.« Er hängte den Hörer auf.

19

Die Nacht dauerte endlos lange. Am nächsten Morgen um zehn nach neun kam Grewe mit eiligen Schritten in sein Büro, ein Verkehrsstau hatte ihn aufgehalten. Er wählte, noch im Mantel, die siebenstellige Nummer. Eine helle Mädchenstimme: »Vorzimmer Dr. Nesselrath, Pütz.«

»Oh, verzeihen Sie . . . habe ich mich verwählt? Ich . . . ich wollte Frau Steinkamp sprechen.«

»Frau Steinkamp ist heute nicht im Büro.«

»Ah ja. – Sie ist doch nicht krank?«

»Nein, ihr Mann ist krank. Sie hat sich einen Tag Urlaub genommen.«

Er verbrachte den Tag wie in Trance. Die Redaktion spielte verrückt. Wandruschka hatte die Zeitungen an diesem Morgen besonders aufmerksam gelesen, dazu eigene Ideen entwickelt, er sprach Grewe auf drei verschiedene Themen an. Grewe wies nichts zurück, er produzierte Meterware. Als Frau Honold ihm am Abend seine gesammelten Fernschreiben auf den Tisch legte, starrte er sie verständnislos an. Er wußte nicht mehr, was er geschrieben hatte.

Zehnmal, zwanzigmal, nein hundertmal an diesem Tag fühlte er das wilde Verlangen, in Steinkamps Haus anzurufen. Er unterdrückte es immer wieder, einige Male mit den Fäusten an den Schläfen, seinen Kopf pressend, bis er schmerzte. Er rief nicht an. Steinkamp hätte gedacht, es gehe ihm nur darum, Lilo zu sprechen, verstohlen ein Rendezvous mit ihr zu verabreden. »Wer war das?«

»Monika, sie wollte wissen, wie es dir geht.«

Den ganzen Samstag, den halben Sonntag lungerte Grewe herum. Seine Frau ging stumm an ihm vorbei, verletzt, hilflos in ihr Leid vergraben, sich nach einem Fingerzeig sehnend, bereit, sich zu versöhnen und ihm zu helfen. Sie legte ihm stumm die Wäsche heraus, brachte ihm stumm den Kaffee in das kleine Arbeitszimmer.

Als sie die Tür wieder geschlossen hatte, legte er den Kopf auf die Fäuste: »Du Scheißkerl, du Scheißkerl.«

Jutta kam zweimal zu ihm, in der endlosen Zeit, in der er vor den Wochenendzeitungen hockte. Sie massierte ihm, ohne ein Wort zu sagen, von hinten den Kopf, er tätschelte sie, stumm lächelnd, sie ging wieder.

Am Sonntagmittag fuhr er ins Büro, kaufte unterwegs die Sonntagszeitungen. Wandruschka hatte einen Leitartikel für die Montagsausgabe bestellt. Grewe brauchte für die zweieinhalb Blatt vier Stunden. Er schrieb einen Absatz, stellte sich auf eine Zigarettenlänge ans Fenster, sah hinaus auf das stille Tulpenfeld, setzte sich wieder an die Schreibmaschine, ächzend.

Am Abend betrank er sich vor dem Fernseher. Steffi fragte ganz unvermittelt: »Warum säufst du eigentlich so viel?«

Am Montagmorgen saß Grewe um neun an seinem Schreibtisch. Er wartete fünf Minuten, wählte dann die siebenstellige Nummer. »Vorzimmer Dr. Nesselrath, Pütz.« Er legte auf.

Während er um zehn geistesabwesend vor den Zeitungen saß, klopfte es an seiner Tür. Rohloff steckte den Kopf herein: »Hast du schon gehört?«

»Was?«

»Steinkamp ist tot.«

Grewe starrte ihn an, er glaubte für einen Augenblick, daß der Stuhl unter ihm sanft absänke.

»Tatsächlich, es stimmt. Herzinfarkt. Heute nacht, gegen Morgen, habe ich gehört. Seine Frau hat noch den Notarzt gerufen. War bereits zu spät.«

Grewe starrte Rohloff noch immer regungslos an.

»Tja, so geht's, mein Lieber. Aus und vorbei. Tot. Na ja, er hat sein Leben genossen. Pech für deine Lobbyisten-Geschichte. Jetzt mußt du dir ein neues Opfer suchen.«

Grewe brüllte ihn plötzlich an: »Mach, daß du rauskommst!«

Rohloff sah ihn völlig überrascht an, schüttelte dann den Kopf, schloß die Tür.

Grewe riß wie von Sinnen den Telefonhörer von der Gabel, wählte Lilos Nummer. Niemand meldete sich. Als er es nach einer halben Stunde zum vierten Mal versuchte, schaute Frau Honold herein, nach einem ostentativen Klopfen: »Hier ist jemand, der Sie sprechen möchte.«

Grewe sah sie wild an: »Wer?«

»Herr Fahlenbock.«

Der Kriminaloberkommissar stand schon in der Tür, im grauen Wintermantel. Er entschuldigte sich für den Überfall. Grewe nahm ihm den Mantel ab. Der Oberkommissar strich sich die Haare glatt, rieb sich die Hände.

»Gemütlich haben Sie's hier.« Er trat an die Wand. »Sind das alles alte Stiche?«

»Na ja, was heißt alt. So um die hundert, hundertdreißig Jahre herum.«

Der Oberkommissar musterte die Stadtansichten. »Sehr schön. Sie sind wohl ein großer Liebhaber von Bonn?«

»Wie man's nimmt.« Grewe fragte ihn, ob er eine Tasse Kaffee möchte, Fahlenbock lehnte dankend ab, klopfte sich auf die linke Brustseite. »Die Pumpe, wissen Sie. Ich will Sie auch gar nicht lange aufhalten, Herr Grewe, wollte Sie nur etwas fragen. Mehr privat. Ich denke mir, ich kann das in dieser Form tun, nachdem wir uns am Donnerstag so nett unterhalten haben.«

Grewe wies ihm den Sessel, ließ sich langsam, mit bleischweren Gliedern hinter seinem Schreibtisch nieder, suchte nach seinen Zigaretten, steckte sich eine an.

Der Oberkommissar rieb sich die Hände, hielt dann plötzlich inne, als ob ihm etwas einfiele. »Sie wissen, daß Herr Steinkamp tot ist?«

Grewe nickte.

»Schreckliche Sache. Herr Grewe, ich frag' Sie jetzt mal ganz direkt, unter Männern sozusagen: Stimmt es, daß Sie mit Frau Steinkamp . . . daß Sie zu Frau Steinkamp eine Beziehung haben? Ich meine, die Bemerkung, die Herr Steinkamp am Donnerstagabend an unserem Tisch gemacht hat, war ja ziemlich eindeutig. Er war betrunken, natürlich, aber gerade deshalb. Sie haben sich dann sehr nett um ihn gekümmert, und ich hatte später den Eindruck, daß Sie sich nicht mit ihm gestritten haben. Aber die Bemerkung war ja doch ziemlich eindeutig. – Haben Sie eine Beziehung zu Frau Steinkamp?«

Grewe gelangte, während Fahlenbock sprach, in

einem unglaublich schnell, präzise, fast automatisch ablaufenden Denkprozeß zu dem Ergebnis, daß er selbst in großen Schwierigkeiten steckte. Die Polizei konnte vermuten, daß er Lilo schon sehr viel länger kannte, wie sollte er einen solchen Verdacht widerlegen? Wenn die Polizei ihn aber als Lilos Liebhaber ansah, dann konnte sie ihm auch den Mord an Delvos zutrauen. Er war bis zuletzt mit ihm zusammengewesen, allein. Er hätte dieses Päckchen gar nicht nötig gehabt. Er hätte mit Delvos auf dessen Zimmer gehen können, unter dem Vorwand, es zu besichtigen. Er hätte Delvos die Bombe ganz einfach hinterlassen können, unter dem Kopfkissen, im Koffer, irgendwo.

Angst packte Grewe, panische Angst.

Er zwang sich zur Ruhe. »Ich kenne Frau Steinkamp seit letzten Montag, seit genau einer Woche. Mein Freund Delvos, Claus Delvos, das ist der Kollege . . .«

Der Oberkommissar nickte.

Grewe sah ihn an, verharrte einen Augenblick. Dann: »Delvos hatte ein Verhältnis mit ihr. Er hat es mir auf dem Flug nach Paris erzählt. Alles. Er hat mir erzählt, daß er sie heiraten wollte. Daß sie versucht hat, ihn davon abzuhalten. Ihr Mann sei eifersüchtig und gewalttätig.« Grewe schob den Aschenbecher einmal hin und her. »Ihr Mann werde sie beide umbringen, wenn Delvos zu ihm gehe. Weil ich das alles wußte, hatte ich Zweifel an der Vermutung, daß Delvos von Terroristen umgebracht worden sei. Ich habe ein paar Erkundigungen eingezogen, aber ich hatte keine Beweise. Deshalb bin ich auch nicht zur Polizei gegangen. Ich fürchtete, mich lächerlich zu machen.«

Fahlenbock nickte. »Und dann haben Sie also Frau

Steinkamp kennengelernt . . . nach Ihrer Rückkehr aus Paris, nicht wahr?«

»Ja. Ich wollte sowieso zu ihrem Chef, zu Dr. Nesselrath. Ich will eine größere Geschichte über den Terrorismus schreiben. Ich gestehe, daß mich auch die Frau interessierte.« Er zögerte einen Augenblick. Dann: »Delvos hatte mir ja ihren Namen gesagt, und wo sie arbeitete. Ich habe mich dann in der vergangenen Woche ein paarmal mit ihr getroffen. Ich habe sie einmal zum Essen ausgeführt. Wir haben uns nicht im geringsten versteckt. Sie wollte«, Grewe griff wieder an den Aschenbecher, »sie wollte natürlich alles über Delvos' Tod wissen. Steinkamp hat das wohl mißverstanden. Das war es, was er am Donnerstagabend meinte. Ich nehme an, er hat einen Privatdektiv hinter ihr hergeschickt, und der hat uns beobachtet.« Grewe zündete sich eine Zigarette an.

»Sie sagten, Sie haben ein paar Erkundigungen eingezogen?«

»Ich sage Ihnen ja, daß ich keine Beweise habe. Aber wenn Sie mich fragen, mir scheint der Fall ziemlich klar.«

»Ja?«

Grewe sah den Oberkommissar an. Wieder überfielen ihn Zweifel. Aber er schob sie beiseite. Es gab gar keine andere Erklärung, es konnte keine andere Erklärung geben. Jedenfalls keine, die ihm aus der Patsche half. »Steinkamp wußte, daß Delvos mit seiner Frau ein Verhältnis hatte. Dieser Privatdetektiv, verstehen Sie. Steinkamp hat Delvos das Päckchen mit der Bombe geschickt. Er hat eine Freundin in Paris, die Beschreibung des Mädchens, das die Bombe im Hotel abgegeben hat, paßt exakt auf diese Freundin. Sie hat Umgang mit Terroristen, oder jedenfalls mit Leuten aus dem Untergrund. Steinkamp selbst hat mir das gesagt. Ich habe ihn auf den Mord angesprochen. Er hat ihn nicht zugegeben. Aber er hat ihn auch nicht abgestritten.« Grewe wurde klar, aber er schob diese Erkenntnis sofort beiseite, daß er Steinkamps Freundin schwer belastet hatte.

Der Oberkommissar nickte. »Und dann ist Herr Steinkamp gestorben, in der vergangenen Nacht. An der Aufregung vermutlich.«

Grewe überlegte sehr angespannt. Dann schüttelte er den Kopf. »Ich bin mir nicht sicher.«

»Warum?«

Grewe klopfte die Zigarettenasche ab. »Er hat Selbstmordabsichten geäußert, am Donnerstagabend.«

»Wann? Wo?«

»Nachdem wir von der Toilette zurückgekommen waren.«

»In Anwesenheit von Herrn Dr. Nesselrath?«

»Ja.«

Grewe überblickte nicht völlig, was diese Antwort bedeuten konnte, aber er wußte, daß sie für Nesselrath nicht gut war. Mochte Mambo sehen, wie er sich aus der Affäre zog.

»Hat er irgend etwas Genaueres gesagt? Ich erschieße mich, zum Beispiel, oder so etwas?«

»Er hat sich sehr genau ausgedrückt, aber nicht so. Er hat gesagt: Vielleicht fresse ich von morgen an diese Tabletten nicht mehr. Und dann ist das ganze Elend in ein paar Tagen vorbei.«

»Welches Elend?«

Grewe holte tief Luft. »Na ja. Das Elend, daß seine Frau ihn betrogen hat. Und die Angst, nehme ich an. Ich nehme an, er ahnte, daß ihm jemand . . . daß die Polizei dem Mord an Delvos auf der Spur war, meine ich.«

Der Oberkommissar nickte. »Sagen Sie, Herr Grewe – Sie wissen nicht zufällig, was für Tabletten das waren?«

»Doch, er mußte sie nehmen, weil sonst die Gefahr eines neuen Herzinfarkts gegeben war.« Grewe sah den Oberkommissar an: »Verstehen Sie?«

Fahlenbock nickte. »Ja, ja, ich verstehe, das ist alles ziemlich einleuchtend.« Dann seufzte er. »Herr Grewe, Sie hätten doch etwas früher zu uns kommen sollen.«

Grewe hob die Schultern. »Ja, aber sehen Sie: Das sind doch alles keine Beweise. Ich hatte einen Verdacht gegen Steinkamp und ein paar Hinweise, das stimmt. Aber deshalb beschuldigt man einen Menschen doch nicht des Mordes.«

»Das ist richtig. Aber Sie hätten uns vielleicht die Arbeit ein bißchen erleichtern können, mit dem einen oder anderen Hinweis.«

Grewe hob, als wäre er betroffen, die Schultern. Er griff wie beiläufig in die Jackentasche. Er wußte, daß er einen Beweis verschwiegen hatte, einen handfesten Beweis, und daß er in schlimme Schwierigkeiten geraten wäre, wenn er es Fahlenbock eingestanden hätte. Er fühlte mit den Fingern nach dem Geschoß, fand es, eingewickelt in den Zettel aus seinem Notizblock.

»Es tut mir leid, Herr Fahlenbock. Ich hoffe, ich gerate nie mehr in solch eine Situation.«

»Kein Beinbruch, Herr Grewe.« Der Oberkommissar erhob sich. »Ich verstehe Ihre Situation sehr gut. Ich verstehe Sie wirklich.«

20

Während Fahlenbock sich noch verabschiedete, summte das Telefon. Grewe hob ab, Frau Honold sagte: »Frau Becker in der Leitung«, und stellte sofort durch.

Grewe sagte: »Eine Sekunde nur, ich komme sofort.« Er komplimentierte den Oberkommissar hinaus, schloß die Tür, stürzte sich auf den Telefonhörer, schnappte nach Luft, zwang sich zur Ruhe.

»Lilo. Es tut mir leid. Es tut mir alles ganz schrecklich leid. Ich kann dir nicht sagen, wie mir zumute war, als ich es hörte.«

»Ich muß dich sehen, Peter. Ich halt's nicht mehr aus. Ich werd' verrückt. Können wir uns treffen, Peter?«

»Ja, natürlich. Soll ich zu dir kommen?«

»Nicht jetzt. Nicht hier. Es ist schrecklich in diesem Haus. Ich werd' wahnsinnig. Ich muß alles erledigen. Tausend Sachen. Du glaubst nicht, was du alles erledigen mußt, wenn . . . wenn so was passiert.«

»Kann ich dir helfen? Sag's mir. Ich kann dir bestimmt etwas abnehmen.«

»Peter«, ihre Stimme schlug um, wurde ganz klein und dünn, »er hat sich aufgebäumt in seinem Bett, ganz plötzlich, ich dachte, er schläft, und dann bäumte er sich auf, fast saß er, und stöhnte wie ein Tier. Und irgendein Wort war auch noch dabei, ich hab's nicht verstanden, und kippt nach hinten um und liegt da, und die Augen starren nach oben. Tot.« Sie brach in Schluchzen aus.

»Lilo! Lilo! Jetzt hör auf, ich bitte dich! Bitte, Lilo! Denk nicht mehr daran, bitte!«

Sie hörte auf zu schluchzen. Dann, klein und dünn: »Ich hab' Angst, Peter.«

»Du brauchst keine Angst zu haben, mein Schatz, hörst du, du brauchst keine Angst zu haben. Es wird alles gut. Hörst du? Es geht alles in Ordnung.«

»Peter?«

»Ja?«

»Liebst du mich? Ein kleines bißchen?«

»Ja, mein Schatz.« Er holte tief Atem. »Ich glaube, ich liebe dich sehr.«

»Ich dank' dir, Peter. Peter, kannst du vielleicht um eins?«

»Ja. Wann du willst. Wo?«

»Irgendwo. Vielleicht können wir ein bißchen laufen?«

Er dachte einen Augenblick nach. Die Erinnerung störte ihn, er sagte es trotzdem: »Kennst du den Parkplatz auf dem Hardtberg?«

»Den im Wald? Den kenne ich.«

»Dann komme ich dorthin. Um eins, okay?«

Er hatte das Gespräch noch keine drei Sekunden beendet, als Frau Honold klopfte. »Ein Herr möchte Sie sprechen.«

Grewe sah sie in blanker Wut an. »Ich kann jetzt nicht, wer ist denn das schon wieder?«

»Herr Dr. Kleiber aus Paris. Er sagt, es sei ganz dringend.«

Grewe traute seinen Ohren nicht. Er stand auf. Es war Kleiber. Das Lid zuckte, die Schultern fuhren unter dem Mantel hin und her, unregelmäßig und ziemlich heftig. Kleiber ließ sich aus dem Mantel helfen, sank schwer in den Sessel, nahm einen Kaffee an. Als Frau Honold die Tür geschlossen hattte, sah er noch einmal hin, mit seinen brennenden Augen, als fürchte er, sie könne die Tür heimlich einen Spalt offengelassen haben. Dann wandte er sich mit gedämpfter Stimme Grewe zu: »Herr

Grewe – ich bin verzweifelt. Ich weiß nicht mehr ein noch aus. Ich bin gekommen, um Sie um Ihren Rat zu bitten.«

»Ja, gerne, aber . . . ich verstehe nicht. Deswegen kommen Sie extra von Paris hierher?«

»Nein, nein«, Kleiber brach unvermittelt in ein unterdrücktes Lachen aus, die Schultern bebten. »Ich nehme an einer Korrespondenten-Konferenz teil, die heute nachmittag beginnt.« Ebenso unvermittelt wurde er wieder todernst und gedämpft: »Aber ich wäre auch so gekommen. Ich bin am Ende.«

Grewe zündete sich eine Zigarette an. »Also, nun erzählen Sie mal.«

»Herr Grewe, die französischen Zeitungen haben die Berichterstattung über dieses gräßliche Ereignis eingestellt, ich finde auch in den deutschen Zeitungen nichts mehr.«

»Da steht auch nichts mehr. Yesterday's news.« Grewe beobachtete ihn gespannt.

»Herr Grewe, sind Sie noch einmal von der Polizei verhört worden?«

»Verhört?« Grewe rieb sich das Kinn. »Nein.«

»Glauben Sie, Herr Grewe«, Kleiber griff zum weißen Tuch und rieb sich die Stirn trocken, »glauben Sie, daß die Polizei den Fall aufgegeben hat?«

»Ich weiß nicht. – Vielleicht gibt sie ihn auf.«

»Herr Grewe, ich werde Ihnen jetzt einen Beweis meines Vertrauens geben. Ich sage Ihnen jetzt etwas, das ich bisher niemandem anvertraut habe, und ich werde Sie dann um Ihren Rat bitten, als Mensch und als Kollege.«

»Sie können sich auf mich verlassen.«

Kleiber beugte sich vor und sagte, noch gedämpfter: »Die Bombe war nicht in dem Päckchen.«

In Grewe wurde schlagartig die Erinnerung wach, nach der er ein paarmal vergeblich gesucht hatte.

Delvos hatte im Aufzug das Päckchen zusammengedrückt und in seine Manteltasche gestopft. Der Inhalt mußte aus Papieren oder anderen weichen Materialien bestanden haben. Die Bombe konnte gar nicht in dem Päckchen gewesen sein.

Kleiber ließ sich im Sessel zurückfallen und fuhr mit dem Ausdruck totaler Erschöpfung fort: »Ich hatte mich so infam über das Interview dieses Herrn Matzerath –«

»Nesselrath.«

»Nesselrath, richtig«, Kleibers Schultern begannen zu beben, er lachte heftig und fast lautlos, brach das Lachen ab, »dieses Herrn Nesselrath geärgert, daß ich ihm ein paar Papiere zusammenstellte, Ablichtungen von Zeitungsartikeln und so weiter, die ihm klarmachen sollten, welche verheerende Wirkung der Feldwebel-Ton dieses Interviews, dieses KZ-Deutschs, in Frankreich auslösen mußte. Mußte, verstehen Sie?«

Grewe nickte, er sah Kleiber wie gebannt an.

»Herr Grewe, ich lebe mit einer jungen Dame zusammen, der Name tut nichts zur Sache. Sie hat in meinem Auftrag diese Unterlagen im Hotel abgegeben. In dem bewußten Päckchen. – Das Päckchen kam von mir, Herr Grewe!«

»Warum stand nur die Zimmernummer drauf?«

»Sie hat die Papiere eingepackt und die Zimmernummer draufgeschrieben, ich war gar nicht dabei. Der Name war ihr zu lang und zu kompliziert. Ich hatte ihr die Liste der Botschaft gegeben. Sie hatte einfach nur die Zimmernummer draufgeschrieben.«

Plötzlich erschrak Kleiber, er richtete sich steil auf: »Sie denken doch nicht etwa, daß die Sendung anonym sein sollte? Herr Grewe, ich hatte Herrn Natzerath einen sehr bösen Brief geschrieben, der lag natürlich dabei!«

»Ich verstehe.«

Kleiber ließ sich zurücksinken, holte wieder das Tuch hervor. »Herr Grewe: Was soll ich tun?«

Grewe überlegte in höchster Anspannung. Er mußte diesen Kleiber aus dem Verkehr ziehen. In dem Augenblick, in dem der Polizei klar wurde, daß die Bombe nicht in dem Päckchen gewesen war, würde sie sich nicht mehr für den toten Steinkamp interessieren, um so mehr aber für ihn.

»Was Sie tun müssen, scheint mir eher die Frage.«

»Was muß ich tun, sehr richtig. Muß ich mich nicht der Polizei offenbaren, damit sie nicht weiter auf einer falschen Spur sucht und den Schuldigen womöglich übersieht? Aber werde ich dann nicht selbst in die größten Schwierigkeiten geraten? Mados Aussage hat doch keinen Wert, ich kann doch gar nicht beweisen, daß in dem Päckchen nur Papiere waren!«

»Ich fürchte, ja. Sie werden in sehr große Schwierigkeiten geraten, wenn Sie zur Polizei gehen. Und auf der anderen Seite«, Grewe kratzte sich die Stirn, »auf der anderen Seite können Sie eigentlich nichts verderben, wenn Sie schweigen. Ich bin sicher, daß die Polizei von Anfang an auch die Möglichkeit verfolgt hat, daß die Bombe auf andere Art in Delvos' Zimmer gekommen ist.«

Kleiber beugte sich weit vor: »Wieso sind Sie sicher? Vielleicht aufgrund Ihrer Verhöre?«

»Ja.« Grewe sah in die brennenden Augen, sagte dann

mit einem beruhigenden Lächeln: »Ich bin absolut sicher. Ihre Aussage ist dazu nicht nötig.«

Kleiber ließ sich in den Sessel zurücksinken, den Atem geräuschvoll ausströmen. »Herr Grewe, Sie nehmen mir eine Zentnerlast von der Brust. Es war gut, es war außerordentlich gut, daß ich mich Ihnen anvertraut habe. Ich danke Ihnen.«

»Nicht der Rede wert.« Grewe sah Kleiber an. »Ihrer Freundin können Sie absolut sicher sein?«

Kleiber klatschte mit der Hand auf die Sessellehne. »Marie-Dominique?« Die Schultern begannen wieder zu beben, dieses Mal gab er sich hemmungslos dem Anfall hin. »Die Kleine würde sich für mich in Stücke schneiden lassen, verstehen Sie?« Das Augenlid zuckte. Dieses Mal paßte der Tick ausgezeichnet.

Als Kleiber gegangen war, sah Grewe auf Frau Honolds Wanduhr. Halb zwölf. »Ich bin ab sofort für niemanden zu sprechen. Nachher muß ich sowieso weg. Ich komme um zwei oder drei zurück. Sagen Sie, ich bin unterwegs, wenn jemand anruft. Sie können übrigens auch jetzt schon in die Mittagspause gehen, wenn Sie wollen.«

»Sehr großzügig.« Frau Honold begann sofort, ihre Sachen zu packen. Grewe schloß die Tür hinter sich. Er trat ans Fenster, sah eine lange Weile hinaus, mit zusammengezogenen Augenbrauen. Dann setzte er sich plötzlich an den Schreibtisch, nahm ein kariertes Blatt und schrieb mit der Hand:

1. Bombe nicht in Päckchen: Steinkamp nicht Täter.
2. Wer kann Bombe direkt in Zimmer plaziert haben?
2a. Grewe. Gestrichen.
2b. Irgendwer (Terroristen).

2c. Nesselrath.

Zu 2c. Nesselrath:

A. Motiv: Lilo.

B. Gelegenheit: Hat selbst in 482 gewohnt. Hat auf Tausch mit Delvos (!) bestanden. Verräterisch? Wieso? »Terroristen« mußten doch nicht von Zimmertausch wissen.

C. Waffe: Kennt Unterlagen über Bombenbau.

Als er das Wort »Waffe« schrieb, zuckte Grewe zusammen. Er starrte eine Weile auf das Blatt, schrieb dann die Zeile hastig zu Ende und setzte sofort darunter:

Ich Rindvieh: Es war natürlich Nesselrath, der auf mich geschossen hat! Er trägt die Kanone ständig mit sich herum, und er übt bestimmt dauernd. Es war ja knapp genug.

Er las alles durch, lehnte sich dann in seinem Stuhl zurück, zündete sich eine Zigarette an. Nach etwa fünf Minuten löste er sich ganz langsam von der Rückenlehne, mit zusammengezogenen Augenbrauen, bewegte den Oberkörper ganz langsam nach vorn, griff dann jäh nach seinem Kugelschreiber und schrieb:

Ich Rindvieh! Nesselrath könnte sogar Steinkamp umgebracht haben! Tabletten ausgetauscht! Ness. mit Pillendose allein, in Land.vertr. Ich muß m. erkundigen, wie St.s Tabletten aussehen, wie sie schmecken. Ob es Präparat gibt, mit dem man Patienten täuschen kann.

Grewe stand auf, starrte auf das Blatt, setzte sich wieder, schrieb:

Mambo begeht zwei Morde, wollte dritten begehen. Hat Mambo Mut zu solchem Grand mit dreien? Ich glaube schon.

Um halb eins bog Grewe am Altenheim in Duisdorf ab und fuhr auf den Hardtberg.

21

Auf dem Parkplatz stand nur ein verlassener alter Volkswagen. Grewe fuhr auf die gegenüberliegende Seite, langsam bis dicht an das Gestrüpp heran, schaltete den Motor aus. Er blieb eine Weile in seinem Wagen sitzen, sah sich um. Niemand war zu sehen. Der Wald stand regungslos. Es war feucht, der Nebel hatte sich verzogen, aber matte Dunstschleier hingen zwischen den Bäumen. Die Sonne drang nicht durch, der Himmel war bedeckt.

Grewe zog aus seiner Brusttasche das karierte Blatt, studierte es, sah dabei ein paarmal über seinen Rücken und zur Seite. Er steckte das Blatt weg, stieg aus, tat ein paar ziellose Schritte, fing plötzlich an zu laufen, lief um den Parkplatz herum, so schnell er konnte, einmal, noch einmal.

Während er noch nach Atem rang, fuhr sie ein. Sie setzte sich neben Grewes Auto, stoppte mit knirschenden Reifen. Sie riß geradezu den Zündschlüssel heraus, fiel fast hin, als sie aus dem niedrigen Coupé ausstieg, schlug die Tür hinter sich zu, lief auf ihn zu und warf sich so heftig in seine Arme, daß er zwei, drei Schritte nach hinten machen mußte, um den Stoß abzufangen.

Sie küßte ihn, als ob sie ihn ganz und gar in sich hineinziehen wollte.

Nach einer Weile riß er seinen Mund los. »Entschuldige – entschuldige – ich kann nicht mehr – muß erst mal – Luft holen!«, atmete heftig, stoßweise.

Sie sah ihn lächelnd, prüfend an: »Was ist denn los mit dir, du kleiner, alter Mann?«

Er schüttelte, noch immer nach Atem ringend, den

Kopf, lachte. »Ich bin um diesen Platz herumgelaufen, zweimal, das soll man nicht tun, wenn man dich erwartet.«

Sie standen da, engumschlungen, sahen sich an. Er atmete tief durch, immer ruhiger, immer länger, sie beobachtete ihn dabei, mit zurückgelegtem Kopf, mit leicht zusammengezogenen Brauen, lächelnd. Plötzlich, es war wie ein Überfall, legte er seinen Mund fest auf den ihren, küßte sie, als wolle nun er sie ganz und gar in sich hineinziehen.

Nach einer Weile wand sie sich immer heftiger in seinen Armen, riß sich schließlich los: »Hör auf, ich kann nicht mehr, du machst mich wahnsinnig.«

Er lachte. »Was ist los, kleine, alte Frau? Keine Luft mehr?«

»Und ob ich Luft habe, du Angeber! Aber wir können doch hier nicht mitten auf dem Parkplatz!«

Grewe sah sich um. Ein älterer Mann mit seiner Frau und seinem Hund war an ihnen vorübergegangen. Der Mann blickte noch immer zu ihnen herüber, die Frau sah geradeaus, der Hund watschelte auf steifen Beinen, schwenkte den Hintern. »Warum eigentlich nicht? Ich könnte jedenfalls.«

»Du bist doch wirklich ein altes Ferkel!« Dann, plötzlich sehr ruhig: »Peter. – Willst du mich heiraten?«

Grewe fühlte, wie er von innen heraus erstarrte. »Meinst du das ernst?«

»Natürlich meine ich das ernst. Ich bin jetzt eine reiche Frau, Peter.« Sie zerrte an ihm, mit beiden Armen, zog ihn mit sich, schwenkte ihn herum, noch einmal, noch einmal, immerzu. »Und wenn Sie nicht ja sagen, wird es Ihnen noch einmal leid tun, dann nehme ich mir nämlich einen anderen.«

Grewe stemmte seine Füße in den steinigen Boden, hielt sie fest. »Hör auf mit dem Quatsch, Lilo!«

»Das ist kein Quatsch, wirklich. Lutz hat zwei Schwestern, die bekommen von seinem Vermögen eine ganze Menge ab; genau die Hälfte. Aber das Haus fällt an mich, und außerdem hatte er drei Lebensversicherungen zu meinen Gunsten abgeschlossen. Weißt du, wieviel ich allein daraus kriege?«

Grewe sah sie starr an.

»Na, was denkst du? Vier-hundert-tausend Mark! In bar! Auf die Hand!« Sie sah ihn an, die grünen Lichter strahlten. »Na, was sagst du jetzt? Ich bin tatsächlich eine reiche Frau, Peter. Und ich halte hiermit um Ihre Hand an, Herr Grewe, wenn Sie so freundlich sein möchten.«

Grewe versenkte beide Hände in die Manteltaschen. Er wandte den Kopf zur Seite, sah in den Wald hinein. Die Bäume standen an dieser Stelle licht, er sah in der Ferne einen hellen Streifen des Himmels. Er spürte, und er fürchtete sich davor, daß ein Schluchzen ihn zu würgen begann. Er biß auf die Zähne.

Sie trat dicht an ihn heran, fragend und zugleich tröstend: »Was hast du denn, mein Schätzchen?« Die kleine, fleischige Hand schmiegte sich an seine Wange, tätschelte sie.

Grewe sah sie an. »Und was ist mit Nesselrath? Liebst du den auch? Willst du den nicht auch heiraten?«

Sie zog die Brauen zusammen, die Hand sank hinab. »Wen? Nesselrath? Peter, bist du noch bei Trost?«

»Ich habe dir gesagt, was Steinkamp gesagt hat. Er hat gesagt, du hast was mit Nesselrath. Du hattest was mit ihm, seit du mit neunzehn Jahren zu ihm gekommen bist, hat Steinkamp gesagt. Er hat es Nesselrath auf den Kopf zugesagt. Ich kann dir auch sagen, was Nesselrath gesagt hat: Unerhört. Unglaublich. Aber das war alles. Und Steinkamp hat gesagt, du hast es nicht lassen können mit Nesselrath. Du hast es nicht lassen können, seit du mit neunzehn zu ihm kamst.«

»Und das hast du ernst genommen?« Die Brauen standen sehr dicht beieinander. »Peter: Lutz war krankhaft eifersüchtig. Er war wirklich krank, auch in dieser Hinsicht. Er hat mich mit allen möglichen Leuten verdächtigt. Mit seinem Arzt. Mit dem Briefträger. Mich hat nur gewundert, daß er nicht auch noch die Müllkutscher unter die Lupe nahm.«

»Hör zu, Lilo, es hat keinen Sinn, mich zu belügen. Wenn du was mit Nesselrath hast, muß ich dir jetzt sehr weh tun.« Er sah sie an. »Er wird nicht mehr lange in Freiheit herumlaufen.«

»Was soll das jetzt wieder? Peter – bist du wirklich ganz in Ordnung?« Sie hob die Hand, wollte wieder seine Wange umfassen.

Er wich aus, nahm sie fest unter den Arm, führte sie, sie ließ sich erst ziehen, folgte dann aber ohne Widerstand, auf den Waldweg nach Witterschlick.

Er sagte ihr, daß am Mittwochabend, er habe es bisher niemandem gesagt, auf ihn geschossen worden sei, nicht fern von seinem Haus.

»Peter, das ist doch nicht wahr, das mußt du doch geträumt haben.«

Er sagte ihr, daß Steinkamps Tod durch einen Austausch seiner Tabletten hätte herbeigeführt werden können.

»Hör doch auf, so ein gräßliches Zeug zu reden, Peter, um Himmels willen!«

Er sagte ihr, daß Nesselrath, wenn er ihr Geliebter sei, sowohl Motiv als auch Gelegenheit und Waffe gehabt habe, Delvos umzubringen. »Ich habe immer noch geglaubt, daß Steinkamp Delvos die Bombe geschickt hat. Aber heute, heute vormittag, habe ich einen Beweis dafür bekommen, daß Steinkamp es nicht gewesen sein kann.«

»Was für einen Beweis?«

»Das spielt jetzt keine Rolle. Wenn aber nicht Steinkamp der Täter gewesen ist, dann spricht so gut wie alles für Nesselraths Täterschaft. Und wenn Nesselrath Delvos ermordet hat, dann ist es nur logisch, daß er auch auf mich geschossen und daß er Steinkamps Tabletten ausgetauscht hat.« Ob ihr vielleicht irgendein Argument einfalle, das gegen diese Theorie spreche, er suche ja selbst danach!

»Argument!« Sie stieß das Wort in höchster Verachtung hervor. »Theorie!«

Sie blieb stehen, hielt ihn fest. »Peter – Peter, ich glaube, mit deinem Gehirn stimmt irgend etwas nicht. Du bist ein kluger Kerl, vielleicht sogar ein sehr kluger, das meine ich nicht. Aber in deinem Gehirn ... irgendwo ist da wirklich eine Schraube locker. Oder es sitzt eine zu fest. Du mußt immer irgendeinen Verdacht haben, um leben zu können. Du mußt immer hinter irgend etwas herspionieren, von dem du dir einbildest, es sei die Wahrheit.«

Grewe sah sie betroffen an. »Vielleicht hast du recht. Aber wenn es so wäre, dann könnte ich es noch viel weniger lassen.« Er holte tief Luft. »Und ich werde es nicht lassen, Lilo. Ich werde diesen Fall aufklären. Ich werde Nesselrath nicht laufenlassen.«

Plötzlich schrie sie: »Dann mach doch nur weiter so!«

Er sah sich um, aber niemand war zu sehen. Sie stieß ihm jäh beide Fäuste vor die Brust, er stolperte ein paar

Schritte rückwärts, geriet mit einem Fuß über den Rand des Weges, auf den steilen, laubbedeckten Abhang über dem dunstigen Tal.

Sie kam hinter ihm her, die grünen Lichter funkelten zornig. »Mach nur weiter so, du Spitzel, du Superhirn! Du sorgst für die Gerechtigkeit, nicht wahr? Deshalb willst du Nesselrath ins Kittchen bringen, nicht wahr? Daß du Angst hast, er könne dein Nebenbuhler sein, spielt dabei gar keine Rolle, o nein, dir geht es ja nur um die Gerechtigkeit.«

Sie gab ihm wieder einen heftigen Stoß, er fing ihn auf, rutschte aber ein Stück den Abhang hinunter. Sie setzte sofort wieder nach, stand dann dicht vor ihm, über ihm auf dem abschüssigen Laubteppich. »Und Lutz wurde natürlich auch ermordet, und natürlich auch von diesem Nesselrath! Die Tabletten hat er ihm ausgetauscht, sagt das Superhirn, stell dir mal vor! Auf den Gedanken, daß du selbst ihn umgebracht haben könntest, ist dein Superhirn noch nicht gekommen, nicht wahr? Der Arzt hat gefragt, ob er große Aufregungen gehabt hat, ob ihm vielleicht irgend jemand zugesetzt hat in den letzten Tagen, o Peter . . .«

Sie brach jäh in ein wildes Schluchzen aus. Dann stieß sie klagend, schluchzend hervor: »Was hast du denn bloß gemacht, was hast du alles angerichtet, was willst du denn noch alles anrichten!«

Sie warf sich auf ihn, schlang beide Arme um seinen Nacken, dieses Mal konnte er den Stoß, ihr volles Gewicht, nicht abfangen, er fiel hintenüber, riß sie mit sich, sie schlugen schwer auf das Blätterpolster, rutschten liegend den steilen Abhang hinab, keiner ließ den anderen los.

Sie waren ein gutes Stück unterhalb des Weges, als es

Grewe gelang, beide Absätze in den Boden zu schlagen und die Fahrt zu bremsen. Sie kroch ganz dicht an ihn heran. Ein Zweig hatte auf ihrer Stirn eine blutige Schramme hinterlassen.

Ihr Atem ging schwer, das Schluchzen brach wieder auf. »O Peter, laß doch die Toten in Ruhe! Was geht uns Delvos an, was geht uns denn Lutz an! Er ist ja nun mal tot, aber wir leben doch!« Sie packte seine Schultern, schüttelte sie. »Wir beide leben doch, kapierst du das denn nicht?«

Sie küßten sich, als ob dieser Wald die Welt gewesen wäre und sie allein in ihr. Als sie ihre Lippen von den seinen löste und ihn lächelnd ansah, hob Grewe den Kopf und sah um sich. Er stand auf, zog sie hoch, nahm sie bei der Hand. Sie glitt hinter ihm her, weiter abwärts, bis in eine Mulde des Abhangs hinein, die sie den Blicken von oben entzog.

Grewe registrierte in einem Winkel seines Gehirns, daß sie grüne, wollene Kniestrümpfe trug und keine Strumpfhose an diesem feuchtkalten Tag, es war jedenfalls eine Erleichterung.

Als er sich aufsetzte und nach seinen Zigaretten suchte, wandte sie sich, mit angewinkelten Beinen auf der Seite liegend, zu ihm zurück und fragte über die Schulter: »Machst du solche Sachen auch mit deiner Frau?«

Er suchte angestrengt nach den Zigaretten, dann: »Schon mal.«

Jäh war sie wieder über ihm, trommelte mit den Fäusten auf seine Schultern, gegen seine Brust: »Ich will das nicht, daß du solche Sachen auch mit deiner Frau machst, verstanden! Wenn du so was noch mal mit ihr machst, dann ist Schluß! Verstanden, Freundchen?«

Dann glitten die Brauen auseinander. Sie lächelte, stand plötzlich auf, schlug den Mantel zurück, preßte seinen Kopf an sich.

Grewe, nach einer Weile, rang nach Atem, machte sich frei, sah zu ihr empor: »Weißt du, daß du ziemlich unanständig bist?«

Sie sah mit gesenktem Kopf in seine Augen, tiefer und tiefer. »Ich will nicht anständig sein. Ich will glücklich sein.«

Grewe war gegen halb drei wieder in seinem Büro, er rief sofort Wandruschka an und holte die Absprache über die Termine der Woche nach, entschuldigte sich dafür, daß er sich vor Beginn der Redaktionskonferenz nicht gemeldet hatte.

»Es war ein völlig irrer Wochenanfang, weißt du, drei Leute wollten mich unbedingt sprechen.«

Wandruschka sagte, das sei doch völlig okay, Hauptsache, es komme was fürs Blatt dabei heraus.

Grewe leistete bis um halb sieben ein beachtliches Pensum, er hatte Glück mit ein paar Telefonanrufen, schrieb leicht, locker und schnell. Als Frau Honold ihm seine Fernschreiben brachte, las er sie mit Vergnügen durch. Er war manchmal wirklich verdammt gut.

Um Viertel nach sieben war Grewe zu Hause. Als er die Tür aufschloß, stand seine Frau in der Diele, sie war auf dem Weg in die Küche gewesen, verharrte, sah ihn an.

»Na?« Grewe stellte die Tasche ab, hing seinen Mantel auf, kraulte Sammy hinter dem Ohr, packte ihn an dem wedelnden Stummelschwanz und setzte dann leicht, ohne jede Kraftanstrengung, über die Mauer hinweg, die seit vier Tagen und vier Nächten unüberwindlich zwischen ihm und seiner Frau gestanden hatte, nein: er ging einfach hindurch, die Mauer brach mürbe zusammen und rieselte zu Boden.

Er nahm seine Frau in den Arm, sie tat einen tiefen Seufzer und küßte ihn so, daß er auf dem nachtschwarzen Vorhang seiner geschlossenen Lider kreisende Feuerräder zu sehen begann.

»Es tut mir leid, Gisela.«

»Mir tut's leid, ich bin manchmal wirklich idiotisch.«

»Nein, der Idiot bin ich. Sind die Kinder da?«

»Jutta und Klaus. Steffi ist noch unterwegs.«

Er sah, ein bißchen enttäuscht, ins Wohnzimmer hinein. Klaus lag bäuchlings lang ausgestreckt auf dem Boden vor der Musikanlage, die Kopfhörer auf den Ohren, das Tonband lief. Jutta saß mit hochgezogenen Beinen im Ledersessel und las in einem Reclam-Heft. Grewe kniete neben Klaus nieder, hob eine der Ohrmuscheln ab, bückte sich, lauschte. Klaus öffnete die Augen, sah seinen Vater ein wenig irritiert an, duldete die Belästigung aber.

Grewe erkannte den Wozzeck. »Was singt die da?«

Klaus murmelte unwillig, den Mund auf dem Unterarm, aber doch insgeheim erfreut: »Ich bin eine honette Person, aber sie, das weiß jeder, sie guckt sieben Paar lederne Hosen durch!«

»Die Marie.«

»Nein, die Nachbarin.«

»Das weiß ich, daß das nicht die Marie sagt, aber sie ist doch gemeint?«

»Wer denn sonst?«

Grewe setzte ihm die Ohrmuschel wieder auf, erhob sich, griff Jutta sanft in den Nacken, drehte das Reclam-Heft nach oben, so, daß er den Titel lesen konnte. *Dantons Tod*.

»Was ist los, veranstaltet ihr hier ein Büchner-Festival?«

»Quatsch, darüber schreiben wir morgen einen Aufsatz.«

»Na, das Stück gibt doch was her.«

»Schon, aber manchmal ist es schon arg tiefsinnig.«

Er sah ihr über die Schulter, las die Stelle, an der ihr Finger ruhte: »Der Schmerz ist die einzige Sünde, und das Leiden ist das einzige Laster; ich werde tugendhaft bleiben.«

»Na, den Satz machst du dir mal besser nicht zur Lebensregel.«

»Warum nicht? Leidest du etwa gern?«

Grewe trat ans Fenster, sah in den dunklen Garten hinaus.

Um neun, als Sammy kam und die Schnauze an sein Knie stieß, stand seine Frau auf: »Ich geh' mit, wenn du magst.«

»Aber du hast doch gerade so gemütlich gelegen.«

»Ich möchte nicht, daß du allein gehst.«

Er hatte die ganze Zeit voller banger Hoffnung darauf gewartet. Sie waren kaum auf dem Waldweg, als er sagte: »Hör mal, ich möchte dir eine Theorie vortragen und wissen, was du davon hältst.«

Sie schien nicht im geringsten überrascht, daß er seine Nachforschungen fortgesetzt hatte. Er entwickelte ihr seine Beweiskette gegen Nesselrath. Sie schien auch nicht überrascht, als er ihr von dem Schuß am Mittwochabend erzählte, über den er, in der Hoffnung, sie habe ihn nicht gehört, zu Hause kein Wort verloren hatte.

Sie nahm ihn nur ein wenig fester in den Arm.

Seine Kontakte mit Lilo stellte er als eine Art von Informationsgesprächen dar. Seinen Besuch in Nesselraths Büro und den Ausgang zum Abendessen nahm er in die Darstellung auf, alles andere über Lilo verschwieg er. Nachdem er seine Beweiskette abgeschlossen hatte, fragte er: »Wie findest du das? Ist das nicht zwingend?«

Nach einem längeren Schweigen sagte sie: »Ich weiß nicht, Peter. Irgendwo fehlt was in der Geschichte.«

Ihm wurde ein wenig unbehaglich. Sie blieb stehen. »Weißt du, ich finde es enorm, was du da herausgeholt hast. Und mit der Polizei würdest du übrigens Ärger bekommen, wenn sie dir dahintersteigen. Aber ich find's wirklich ganz enorm, und ziemlich clever, wie du es herausgefunden hast. Aber irgendwo fehlt was in der Geschichte, irgendwie ist sie schief.«

»Nun hör mal auf, du Hundesohn!« Sammy zerrte an der Leine, Grewe zog ihn zurück. »Natürlich wird irgendwo in der Geschichte noch was fehlen, ich bilde mir ja nicht ein, sämtliche Details zu wissen. Aber wie findest du denn die Details, die ich dir gesagt habe? Sind sie nicht zwingend?«

Sie dachte eine Weile nach. Dann eine Frage, die ihn konsternierte: »So ein Hotelzimmer wird doch in jedem Fall gründlich saubergemacht, bevor ein anderer Gast einzieht, oder?«

»Na, in diesem Hotel bestimmt.«

»Aber sieh mal, Bär, du nimmst doch offenbar an, daß Nesselrath, bevor er auszog, die Bombe irgendwo versteckt hat, wo Delvos sie auslösen mußte, zum Beispiel, wenn er eine Schublade öffnete oder einen Schrank.«

Grewe hörte angestrengt zu, starrte in den dunklen Wald.

»Das sind aber«, fuhr sie fort, »gerade die Stellen, an die das Zimmermädchen auch beim Saubermachen hätte kommen können. Ich meine, es ergibt doch keinen Sinn, daß Nesselrath ein Risiko eingeht, bei dem das Zimmermädchen umkommen und Delvos ungeschoren bleiben kann?«

Grewe versuchte verzweifelt, die Bestandteile seiner Theorie festzuhalten. »Er kann die Bombe an einer Stelle versteckt haben, an die beim Saubermachen niemand kommen konnte. Zum Beispiel unter dem Bett, am Rahmen.«

»Und wie hätte Delvos sie dann auslösen sollen? Ach so, du denkst an einen Zeitzünder oder so ein Ding, das die Explosion automatisch auslöst?«

Grewe nickte verbissen, obwohl er schon begriffen hatte, daß seine Theorie sich auch mit diesem Kunstgriff nicht mehr halten ließ.

Da stellte sie sie schon, die tödliche Frage: »Aber woher wußte er denn die Zeit, auf die er das Ding einstellen mußte? Wußte er denn genau, wann ihr im Hotel eintreffen würdet? Ihr mußtet doch durch die halbe Stadt fahren, vom Flughafen zum Hotel? Und wußte er, wie lange Delvos in seinem Zimmer bleiben würde? Ihr wolltet doch nur eure Koffer abstellen und essen gehen?«

Nach einer Weile sagte sie: »Und was wäre gewesen, wenn Delvos mal gerade ins Badezimmer gegangen wäre? Wahrscheinlich hätte er dann doch nur wenig abbekommen?«

Grewe nickte stumm, verbissen, tief enttäuscht. Dann wandte er sich plötzlich ab und gab Sammy Leine. Nach drei, vier Metern hielt er den Hund wieder fest, zog heftig an der Leine, kehrte zu seiner Frau zurück, stellte sich dicht vor sie. »Gisela, du bist Klasse. Du bist wirklich große Klasse.«

»Ich, Klasse?« Sie lachte. »Du bist wirklich ein alter

Idiot, Peter.« Ihre Augen schimmerten in der Dunkelheit.

Er nahm sie in den Arm, der Hund drängte sich fiepend zwischen ihre Füße, fing an zu kläffen. »Halt das Maul, Sammy!«

Er küßte sie, sehr lange. Sie wurde unruhig in seinem Arm, drängte sich an ihn. Er schob seine Hand zwischen ihren und seinen Körper, begann, ihren Mantel aufzuknöpfen. Sie riß sich los, lachte: »Bist du wahnsinnig, doch nicht hier!«

»Warum denn nicht hier?« Er nahm sie am Arm, zog sie vom Weg zwischen die Bäume, den Hund dazu.

»Peter, du alter Narr, glaubst du nicht, daß wir's nachher im Bett ein bißchen bequemer hätten?«

Äste brachen knackend, er stolperte, zog sie unbeirrt weiter. »Die Sache duldet keinen Aufschub. Außerdem hasse ich das bequeme Leben. Bleib hier stehen, der Platz ist vorzüglich geeignet.« Er ging ein paar Meter weiter, band den fiependen Hund an einem Baum fest.

Als sie eine halbe Stunde später an die Terrassentür klopften, öffnete Steffi. Er tätschelte ihr den Kopf, ging an ihr vorbei.

Steffi sagte scharf: »Was hast du denn mit deinem Mantel gemacht? Sieh dir das mal an«, mit ausgestrecktem Zeigefinger. »Das sieht ja aus, als hättest du dich durch Scheiße gewälzt, du altes Ferkel!«

22

Am Dienstagnachmittag um sechs rief Grewe Lilo an. Er hatte an diesem Tag nicht sehr viel für die Zeitung getan, war aber ständig unterwegs gewesen, hatte viel telefoniert, mehrere karierte Blätter mit der Hand beschrieben, bei ständig verschlossener Tür. An diesem Tag hatte er zum ersten Mal das Gefühl, daß Frau Honold bald kündigen würde.

Er rief sie um zehn Minuten vor sechs zu sich und fragte: »Liebe Frau Honold, könnten Sie für mich mal im Präsidialamt anrufen?«

»Natürlich kann ich das. Was wollen Sie denn?«

»Absagen.«

Sie sah ihn starr an. »Absagen?«

»Absagen.«

»Sie können doch nicht ein Abendessen beim Bundespräsidenten absagen, zwei Stunden vorher!«

»Natürlich kann ich das. Ich kann's nur schlecht selbst machen. Deshalb möchte ich Sie ja bitten, anzurufen und zu sagen, mir sei plötzlich sehr übel geworden, ich hätte nach Hause fahren müssen, es täte mir schrecklich leid. Und gleich danach können Sie dann auch nach Hause gehen.«

Frau Honold sah ihn sehr lange an. Dann sagte sie: »Sagen Sie mal, Herr Grewe, wollen Sie Ihren Beruf aufgeben?«

»Das möchte ich schon sehr lange, liebe Frau Honold. Ich fürchte nur, ich schaffe es nicht.«

Sie verließ stumm das Zimmer, zog die Tür heftig hinter sich zu. Grewe hörte sie telefonieren, wenig später verließ sie das Büro ohne Gruß.

Als er Lilo anrief, tat sie einen kleinen Seufzer. »Ach, du bist ein Lieber! Ich hatte schon die ganze Zeit so gehofft, daß du wenigstens noch mal anrufen kannst.«

Grewe fuhr sich an die Augen, schluckte schwer, räusperte sich heftig. Dann: »Hast du Monika schon eingeladen?«

»Ja, sie kommt um acht.«

»Kannst du sie wieder ausladen?«

»Natürlich kann ich das. Warum?« Ein schneller Atemzug: »Peter – willst du etwa sagen . . .?«

»Ja. Ich könnte kommen. Schon in einer halben, vielleicht in einer Viertelstunde, wenn du willst.«

Die Stimme stieg hoch, wand sich, war voll des Jubels: »Peter, mein Gott, das ist ja so wunderbar!« Dann, in glücklicher, eiliger Neugier: »Ist das Essen ausgefallen?«

»Nein. Ich hab' abgesagt.«

»Etwa nur meinetwegen?«

»Ja. Deinetwegen.«

Als er den Hörer aufgelegt hatte, ballte Grewe krampfartig die Fäuste auf der Schreibtischplatte. Er senkte sehr langsam den Kopf, immer tiefer, schlug dann den Kopf heftig auf die Fäuste, ließ ihn liegen. Seine Schultern begannen zu beben. Schließlich bebte sein ganzer Rücken. Er stöhnte, tief und sehr lange.

Sie öffnete ihm die Tür in einem himmelblauen Bademantel, auf bloßen Füßen, ihre Haare waren feucht. »Ich bin noch schnell unter die Dusche gegangen, ich hab' mich ganz klebrig gefühlt. Das war ein schrecklicher Tag, ohne dich, aber ich hab' eine Menge erledigt.« Sie zog ihn mit beiden Armen an sich, er spürte ihren weichen Körper. Er hielt sich stocksteif, ließ die Arme hängen.

Sie ließ ihn los. »Was hast du?«

»Ich muß mit dir reden.«

Sie fuhr sich mit einer Hand über die Stirn, seufzte tief auf, senkte den Kopf halb zur Seite, sah ihn von unten an, bitter. »Hast du eine neue Theorie? Oder irgend etwas Neues ausfindig gemacht? Einen Müllkutscher vielleicht, mit dem ich geschlafen habe?« Plötzlich richtete sie sich kerzengerade auf, schrie: »War es Luigi oder Antonio? Oder Carlo oder Peppo oder Popo oder wie die Kerle heißen?«

Er nahm sie an der Hand, »Komm«, führte sie die drei Stufen hinab in den Wohnraum.

Das Feuer im Kamin brannte, sie hatte nur ein paar Stehlampen eingeschaltet. Durch die Glaswand zum Garten sah man einen letzten Streifen von Abendrot, die kahlen Äste der Bäume trugen sich darauf ein wie die Federzeichnung eines unendlich feinen Netzwerks.

Sie löste sich aus seiner Hand: »Du gestattest doch?«, ging auf nackten, lautlosen Füßen über den Teppich zum Bartisch, brachte ihm einen Whisky. Er ließ sich in einer Ecke des breiten, niedrigen, mit mattweißem Leinen bezogenen Sofas nieder. Sie setzte sich mit ihrem Gin Tonic jenseits des Couchtischs auf das andere Sofa, in die Ecke, die ihm gegenüber lag.

Sie nahm einen Schluck: »Also?« Sie betrachtete ihn ruhig, aber unverkennbar mit Verachtung.

Grewe, der die ganze Zeit mit zusammengebissenen Zähnen gegen das Würgen in seiner Kehle angekämpft hatte, räusperte sich. Er sprach langsam, in abgehackten Sätzen, zwang sich zur Konzentration.

»Die Bombe, die Delvos tötete, war nicht in dem Päckchen. Sie kann aber auch nicht auf dem Zimmer versteckt gewesen sein. Woher kam sie also? Es gibt nur eine Antwort: Er hat sie in seinem Gepäck mitgebracht.«

Sie schlug die Beine übereinander, Grewe vermied den Blick auf die weißen, vollen Schenkel, den nackten Fuß. Sie stützte einen Arm auf das Seitenpolster der Couch, legte ihre Wange in die kleine, fleischige Hand, den Kopf ein bißchen schräg geneigt, schüttelte leicht ihr Glas, sah ihn unablässig an.

Grewe fühlte sich an Steinkamp erinnert, und dieses Mal vermochte er dem Blick nicht standzuhalten, er ließ seine Augen abirren, sah hinaus auf das schwarze, rot unterlegte Filigran der kahlen Äste. Die Scham überwältigte ihn. Er mußte sich zwingen, weiterzureden.

»Du hast ihm die Bombe eingepackt. Ich nehme an, daß du ihm vorher eine letzte Chance gegeben hast, in der Nacht vor unserem Abflug nach Paris. Er hat das alles nicht begriffen, alles nicht ernst genommen. Er hat dir angekündigt, daß er unmittelbar nach der Rückkehr aus Paris zu Steinkamp gehen, ihm euer Verhältnis bekennen und ihn bitten wollte, in die Scheidung einzuwilligen, damit ihr heiraten könntet.«

Grewe trank einen langen Schluck, zündete sich eine Zigarette an. Sie streckte die Hand aus, er bot ihr seine Packung an, gab ihr, über den Couchtisch gebeugt, Feuer, ließ sich mit schwachen Knien wieder nieder.

»Du hast Delvos gemocht. So wie andere auch. So, wie zum Beispiel mich.« Er war begierig, er war zum Sterben versessen auf ihre Reaktion, aber er brachte es nicht fertig, sie anzusehen. »Du hast ihn gemocht, aber du dachtest nicht im Traum daran, dir von ihm die Chance, Steinkamp zu beerben, durchkreuzen zu lassen. So viel war Delvos dir bei weitem nicht wert. Du hast, als du ahntest, daß er nicht zu bremsen sein würde, die Bombe gebastelt. Ich bin sicher, Nesselrath hat weit gefährlichere Anleitungen zum Bombenbau in seinem Panzerschrank, als er sie mir gegeben hat. Du konntest jederzeit an diese Anleitungen heran. Und das Material für solche Bomben kann sich jeder besorgen. Das weiß ich.«

Sie begann, mit dem nackten Fuß zu wippen. Er sah hoch zur Decke, als ob er nachdenken müsse.

»Du hast die Ladung ein bißchen reichlich bemessen, es war ja wohl auch die erste Bombe, die du gebaut hast. Du hast die Bombe mitgebracht, zu dieser letzten Liebesnacht vor Delvos' Abflug nach Paris.«

Grewe schloß die Augen, so viele Einzelheiten tauchten wieder in ihm auf, die schon vor Tagen abgesunken waren, und eine fügte sich in die andere. »Er hat dir Reger vorgespielt, die Mozart-Variationen. Du hast geduldig zugehört, obwohl du diese Musik gar nicht magst. Du wolltest ihm ja noch eine Chance geben. Du hattest die Bombe mitgebracht nur für den Fall, daß du ihn tatsächlich nicht noch einmal davon abhalten könntest, zu Steinkamp zu gehen. Er hat überhaupt nichts begriffen, er hat seine letzte Chance nicht erkannt, er hat sie nicht wahrgenommen. Also hast du ihm die Bombe in seinen Koffer eingebaut, am Morgen nach dieser Nacht. Ich nehme an, du hast ihm liebevoll angeboten, seinen Koffer zu packen, und er war glücklich darüber.«

Grewe hörte ihre Stimme, voll von Zorn, voll von Verachtung: »Du Schwein, du miserables Schwein!«

Er zwang sich, kühl zu sein, kühl zu wirken: »Wahrscheinlich hast du sie ihm in sein Reisenecessaire eingebaut. Er hatte so ein kleines Köfferchen, ich hab's schon mal gesehen, mit einem Reißverschluß. Und ich könnte mir vorstellen, daß so ein Reißverschluß sehr gut geeignet ist, einen Bombenzünder daran zu befestigen.«

Er spürte eine Bewegung, sah sie an. Sie hatte das Glas abgestellt, ihre Position verändert, sie saß jetzt starr aufgerichtet auf der Couch, die Arme über der Brust verschränkt, die bloßen, runden, weißen Füße nebeneinander auf dem Teppichboden.

»Ich hätte viel früher darauf kommen müssen. Der Inspektor in Paris, der mich verhört hat, hat den springenden Punkt sofort erkannt: Wir sind ja nicht kontrolliert worden mit unserem Gepäck, keine Schirmkontrolle, nichts. Es war ja ein Regierungsflug, lauter Vertrauenspersonen. Ich weiß nicht, ob du das auch einkalkuliert hattest. Wenn nicht, hast du riesiges Glück gehabt. Warum nicht. Niemand hat ihn daran gehindert, sich selbst seine Bombe bis auf sein Zimmer zu tragen.«

Er sah sie flüchtig an. Sie gab den Blick regungslos zurück. Er trank einen langen Schluck, leerte sein Glas.

»Der Rest ist ziemlich einfach. Als ich bei dir auftauchte, hast du Unrat gewittert.« Wieder war er, noch während er den nächsten Satz formulierte, voll von Sehnsucht, grenzenlos begierig nach ihrer Reaktion. »Du hast mir Liebe und Leidenschaft vorgemacht, um herauszufinden, was ich wußte, was ich vorhatte, und ob ich dir . . .«

Dieses Mal erfolgte die Reaktion viel heftiger, als er erhofft hatte, das Glas mit dem Gin Tonic flog knapp an ihm vorbei, ein paar Tropfen schlugen kalt in sein Gesicht, das Glas zersplitterte hinter seinem Rücken. Sie warf sich auf die Couch, schluchzte wild, vergrub die Ohren in beiden Händen.

Er erhob seine Stimme, wurde laut, zu laut, ein kalter Krampf hatte ihn ergriffen. Er wäre um sein Leben gern zu ihr gegangen, um sie in seinen Armen zu bergen, aber es trieb ihn weiter, unwiderstehlich. »Hör zu, Lilo, ich sag' dir alles nur einmal, und es hat keinen Sinn, daß du dir jetzt die Ohren verschließt.«

Sie nahm die Hände von den Ohren, bettete den Kopf auf die Arme, ihr Gesicht wandte sie von ihm ab, sie stöhnte leise, tief und anhaltend.

»Der Rest ist einfach zu erklären. Nachdem du Delvos umgebracht hattest, blieb dir keine andere Wahl, vielleicht. Du hast am Mittwochabend auf mich geschossen, nachdem dir mittags, in Delvos' Wohnung, klargeworden war, daß ich nicht aufhören würde, in diesem Fall herumzugraben. Du hast am Donnerstagabend, in der Nacht zum Freitag, Steinkamps Tabletten gegen irgendein anderes, ähnlich schmeckendes, aber wirkungsloses Präparat ausgetauscht, nachdem ich dich angerufen und dir gesagt hatte, daß er alles wußte, alles über dein Verhältnis mit Delvos, über deine Beziehung zu Nesselrath, und über dein – Abenteuer mit mir.«

Sie schluchzte trocken auf.

»Sobald die richtigen Tabletten abgesetzt waren, wurde Steinkamps Blut, um's mal so auszudrücken: es wurde wieder dicker, und in der Nacht zum Montag war es soweit. Er erlitt seinen zweiten Infarkt und war hinüber. Vielleicht wird man bei einer Autopsie feststellen, daß sein Quickwert, du weißt, was das ist, du hast dich wahrscheinlich noch viel gründlicher informiert als ich, daß sein Quickwert weit höher liegt, als er liegen dürfte, wenn Steinkamp weiterhin seine Tabletten genommen hätte. Möglich aber auch, daß sein Quickwert nicht nennenswert verändert ist. Das kann durchaus sein, wie du mit Sicherheit ebenfalls weißt. In diesem Fall hättest du schon wieder Glück gehabt.«

Sie hatte sich aufgesetzt, hatte beide Hände auf die Couch gestützt, als er das erste Mal das medizinische Fachwort gebraucht hatte, und sah ihn seither an, aus tränenerfüllten Augen, kopfschüttelnd, ungläubig, ratlos. Dieses Mal hielt er dem Blick stand, er fand sogar den Mut, sie zu fixieren. Als er schwieg, holte sie schwer Atem.

»Hat es noch irgendeinen Sinn, dich etwas zu fragen?«

Er stand auf, ging zum Bartisch. »Bitte, frage nur.«

»Du warst doch davon überzeugt, daß Nesselrath auf dich geschossen hat, vielleicht hast du vorher auch Lutz in Verdacht gehabt. Ich hab' dir seine Pistole ja gezeigt.« Wieder schluchzte sie auf. »Warum glaubst du jetzt, daß keiner von beiden es war, und warum verdächtigst du jetzt mich?«

»Weil ich ihre Alibis überprüft habe. Sowohl Nesselrath als auch dein Mann waren am Mittwochabend in der Parlamentarischen Gesellschaft, bei der Eröffnung der Ausstellung. Sie waren beide bis nach neun Uhr da. Sie waren beide zu der Zeit da, als auf mich geschossen wurde. Ich habe zwei Zeugen.«

Sie sah zur Seite, biß sich auf die Lippen, schüttelte wieder den Kopf. Dann sah sie ihn wieder an. »Und wenn es irgendein Verrückter war? Das gibt es doch, das hat es doch schon gegeben, Leute, die mit einer Pistole losziehen und auf andere schießen, nur so zum Spaß. So was steht doch immer wieder in der Zeitung?«

Grewe, am Bartisch stehend, sah sie stumm an. Sie schluckte schwer, ihre Augen waren groß und voller Angst. »Und bei Delvos – können es bei Delvos denn nicht doch irgendwelche Terroristen gewesen sein, die einfach irgendwohin eine Bombe legen wollten?«

Grewe stellte einen frischen Gin Tonic vor sie hin, setzte sich mit seinem Whisky wieder auf seinen Platz. »Das kann ich nicht völlig ausschließen, das ist richtig. Aber es wäre nicht logisch, weil es für den Mord an Delvos, für den Mordversuch an mir und für den . . .

den Tod deines Mannes nur eine Erklärung gibt, die alle drei Fälle abdeckt, nur ein gemeinsames Motiv: Du wolltest deine Chance nicht verlieren, Steinkamp zu beerben. Und du hast es ja schließlich auch geschafft. Du bist doch jetzt eine reiche Frau, nicht wahr?«

Sie sah ihn an, mit großen, nassen Augen, nickte, fast sah sie aus wie ein Kind, das beteuert, es spreche die Wahrheit.

Er nahm eine Zigarette, hoffte mit allen Fasern, daß sie wieder die Hand ausstrecken würde. Sie stand auf, holte ihre eigenen Zigaretten, setzte sich.

»Aber, Peter . . .«, sie blickte zur Seite, schüttelte den Kopf, dann: »Lutz hätte doch ohnehin jeden Tag sterben können. Dann hätte ich ihn doch auch so beerbt?«

Grewe sah sie an. »Das ist das Schlimmste eigentlich, Lilo, das Schlimmste für dich. Du hättest ihn wahrscheinlich in jedem Fall beerben können. Du hattest Angst, daß er die Scheidungsklage einreicht und dir deinen Erbanspruch nimmt und daß er die Lebensversicherungen umschreibt, wenn er dir auf die Schliche kommt. Deshalb hast du die ganze Geschichte in Gang gesetzt. Aber ich glaube nicht, daß er dich hinausgeworfen hätte. Er hat von deiner Affäre mit Delvos seit langem gewußt, und auch von deinen Seitensprüngen mit Nesselrath. Er hat dich beobachten lassen, aber er hat nichts unternommen. Der Mann hat dich geliebt, Lilo. Er wollte dir nichts Böses. Der Mann war fertig. Er hat am Donnerstagabend ganz unmißverständlich von Selbstmord gesprochen. Er hat gesagt, vielleicht nimmt er seine Tabletten nicht mehr. Du hast ihn umgebracht, obwohl du es nicht einmal aus Habsucht nötig gehabt hättest.«

Sie sah ihn wieder an, aus den großen, nassen Augen:

»Aber wenn er von Selbstmord gesprochen hat: Warum glaubst du dann, daß ich ihn umgebracht habe?«

»Weil du nicht ahntest, wie er wirklich empfand. Weil du ihm noch immer zugetraut hast, er werde dich hinauswerfen, und du seiest das Erbe los.«

Sie schüttelte den Kopf, eine Träne lief ihr über die Wange. »Peter – wenn es mir nur um das Erbe gegangen wäre, dann hätte ich ihn doch schon seit langem umbringen können, auf die Art, die du dir ausgedacht hast. Ich hätte doch schon seit langem seine Tabletten vertauschen können?«

»Einen Mord, einen geplanten Mord begeht man ja doch nicht so ohne weiteres, denke ich mir. Du hattest Hemmungen, natürlich. Aber dann hat Delvos dich in eine Situation gebracht, in der du keinen anderen Ausweg mehr sahst.«

Sie sah ihn an, und jetzt liefen ihr aus beiden Augen die Tränen über die Wangen. »Und was jetzt? Gehst du jetzt zur Polizei? Oder willst du sie gleich anrufen und herholen?«

Grewe, der sich so zerschlagen fühlte wie nach einer gewaltigen körperlichen Kraftanstrengung, Grewe schüttelte den Kopf. »Ich weiß es nicht, Lilo. Ich weiß es immer noch nicht.« Er sah sie an. »Ich weiß nur, daß ich gefährlich lebe.«

»Wie meinst du das?«

Grewe lachte auf. »Das verstehst du nicht, das dachte ich mir. Ich will's dir erklären: Ich möchte nicht eines schönen Tages, sehr bald, wie Delvos und Steinkamp unter mysteriösen Umständen sterben. Verstehst du's jetzt?«

Sie barg ihr Gesicht in beiden Händen, schüttelte verzweifelt den Kopf.

»Und deshalb bitte ich dich jetzt, mir ein schriftliches Geständnis zu geben. Ich werde es dir diktieren. Ich werde es bei einem Notar hinterlegen mit der Verfügung, daß es nur dann, wenn ich eines unnatürlichen Todes sterbe, geöffnet wird.«

Sie nahm die Hände vom Gesicht, starrte ihn aus weiten Augen an. »Bist du wahnsinnig? Und was mache ich, wenn du übermorgen gegen einen Baum fährst und tot bist? Das wäre doch wohl kein natürlicher Tod, oder?«

»Nein, das wäre es nicht. Aber das ist dein Risiko. Und du hättest in diesem Fall immerhin einen Strafaufschub gewonnen. So schnell werde ich ja hoffentlich nicht gegen einen Baum fahren.«

»Ich werde das nicht unterschreiben, Peter! Ich werde das nicht tun!« Sie schlang die Hände ineinander, preßte sie vor den Mund, sah ihn aus entsetzten Augen an.

»Doch, das wirst du. Wenn du es nicht tust, werde ich nämlich sofort die Polizei anrufen. Ich habe einen Beweis, Lilo, den die Polizei nicht kennt. Die Polizei weiß gar nicht, daß auf mich geschossen wurde, ich habe es nicht gesagt. Aber ich habe das Geschoß gefunden. Und ich bin ganz sicher, was herauskäme, wenn es ballistisch untersucht würde. Dieses Geschoß stammt aus der Pistole deines Mannes, der für die Zeit, als es abgefeuert wurde, ein Alibi hat.«

Sie ließ die Hände langsam sinken, rang sie eine ganze Weile, mit ausgestreckten Armen, zwischen den Knien, sah ihn unablässig aus den entsetzten Augen an, warf sich dann auf die Seite, bewegte den Kopf auf der Couch hin und her, schluchzte: »Peter, Peter, wie kannst du so etwas nur machen, was bist du für ein Mensch, Peter, ich hab' dich doch geliebt, Peter, ich lieb' dich doch immer noch!«

Grewe saß wie gelähmt in seiner Ecke. Ein unerträgliches Feuer brannte in seiner Brust, schien sie auszuhöhlen und auszudörren, nichts würde übrigbleiben nach diesem Brand. Er wollte zu ihr gehen, aber er brachte es nicht fertig aufzustehen.

Sie wurde still, erhob sich langsam, ging, ohne ihn anzusehen, auf den bloßen Füßen quer durch den Wohnraum zu dem kleinen Sekretär, öffnete ihn, zog sich einen Stuhl heran, nahm einen Briefbogen. »Also?« Sie sprach es vor sich hin, er verstand es kaum.

Grewe erhob sich wie ein alter Mann, er stemmte sich mit beiden Armen hoch, stützte sich noch einmal ab, weil er zu straucheln glaubte. Er ging hinüber zu ihr, faßte an seine Jackentasche, in der er seinen Entwurf des Geständnisses mitgebracht hatte, zog die Hand zurück, als habe er sich verbrannt. Er stellte sich neben sie und sagte, er erkannte seine eigene Stimme nicht:

»Hiermit erkläre ich – nein . . .«, er räusperte sich heftig, »schreib nur: Ich habe die Bombe, die Claus Delvos tötete, hergestellt . . .« Er mußte sich zwingen, auf das Blatt hinabzusehen, das sie mit ihrer kleinen Hand beschrieb, wartete, bis sie in ihren runden, ein wenig ausladenden Buchstaben das letzte Wort begonnen hatte. »Hergestellt und in seinen Koffer eingepackt. Ich habe auf Peter Grewe geschossen . . .«

Sie schüttelte langsam und anhaltend den Kopf, eine Träne fiel auf den Bogen hinunter.

»In der Absicht, ihn zu töten.«

Grewe verschränkte beide Hände hinter seinem Kopf und preßte sie, so fest er konnte, gegen seinen Nacken. Dann diktierte er weiter: »Ich habe das Medikament meines Mannes Komma Lutz Steinkamp Komma gegen ein Placebo ausgetauscht.«

»Wie schreibt man das?«

»P, l, a, c, e, b, o.«

»Und was bedeutet das?«

»Das ist ein Präparat ohne jede Wirkung. Irgendeine Tablette, die nichts schadet, aber auch nichts nutzt. – Ich habe das alles . . . nein, laß das weg. Das genügt. Schreib das Datum und deinen Namen darunter.«

Sie gab ihm den Bogen, er faltete ihn zusammen und steckte ihn in seine Tasche, ohne noch einmal daraufgesehen zu haben. Sie stand auf. Sie standen nebeneinander, halb voneinander abgewandt, regungslos. Nach einer endlos scheinenden Zeit hielt er es nicht mehr aus. Er hob den rechten Arm ein wenig an, hob die Hand ein wenig, gerade so weit, daß sie sie sehen konnte, ließ die Hand dort schweben, er merkte, daß die Hand zu zittern begann, es war ihm gleich, er konnte dieses Zittern nicht verbergen, und er wollte es nicht, er wußte nur, daß er sein Leben lang unglücklich bleiben würde, wenn er die Hand zurückziehen und gehen müßte.

Nach einer noch einmal sehr langen Zeit hob sie ihre Hand und berührte seine Finger. Er glaubte, eine Zentnerlast, ein ganzes Gebirge falle von ihm ab. Er umschloß ihre Hand. Dann nahm er sie in beide Arme, zog sie sehr sanft an sich. Er beugte seinen Kopf auf ihre Schulter. Sie flüsterte in sein Ohr, in einer schrecklich hohen, dem Weinen nahen Stimme: »Peter, ich hab' Angst. Ich habe so gräßliche Angst.«

Er zog sie ein wenig fester an sich. »Du brauchst keine Angst zu haben. Ich weiß ja auch nicht . . . aber vielleicht wird doch alles gut. Ich weiß ja auch nicht, wie. Aber warum soll nicht alles gut werden.«

»Ich hab' aber so gräßliche Angst, Peter.«

»Du sollst keine Angst haben. Ich bin doch hier.« Der grausame Widerspruch dieser Tröstung wurde ihm bewußt, er versuchte ihn auszulöschen. »Die Polizei weiß bestimmt nichts. Lilo . . . ich habe die Polizei auf eine falsche Spur gesetzt.«

Sie begann zu weinen. Er streichelte ihr Haar, ihren Rücken. »Ja, wein ein bißchen, wein ein bißchen, das tut dir gut. Wein ein bißchen, und morgen früh ist alles schon viel besser.«

23

Sie beruhigte sich allmählich. Er hatte ihren Kopf sanft zurückgebogen, ihr lächelnd in die Augen gesehen, ihre Augen geküßt. Er hatte sie mit einem Arm um die Hüfte gefaßt, er war dabei, sie zu ihrem Platz zurückzuführen, als es klingelte.

Sie erstarrten beide. Sie sah ihn an, aus riesengroßen Augen, flüsterte: »Wer kann das sein?«

Er sagte, seine Stimme war belegt: »Ich weiß nicht.« Und, nach einer Pause: »Soll ich nachsehen?«

Es klingelte wieder, zweimal, etwas länger.

Sie zog den Bademantel zusammen, holte tief Atem, sah ihn an, löste sich aus seinem Arm, griff noch einmal nach seiner Hand, küßte sie, und ging dann auf den bloßen Füßen zur Diele. Sie ging die drei Stufen hoch und verschwand.

Er hörte eine undeutliche Stimme, dann ihre Stimme, sehr fern, dann wieder die andere Stimme, längere Zeit.

Dann kam sie zurück. Hinter ihr erschienen an der Treppe der Kriminaloberkommissar Fahlenbock und eine blonde Frau, Mitte Dreißig, in einem dunkelgrauen Mantel mit Gürtel.

Lilo blieb auf der obersten der drei Stufen stehen. Sie stand da in ihrem himmelblauen Bademantel, auf den bloßen Füßen, und sagte, in dieser schrecklich hohen, dünnen, von Angst gepeinigten Stimme: »Peter, sie wollen mich verhaften. Wegen Claus Delvos.«

Grewe erlebte die Szene wie im Traum. Er sagte irgend etwas von einem Rechtsanwalt, der natürlich sofort verständigt werde, und ob es überhaupt einen Haftbefehl gebe, und das werde sich ja wohl überprüfen lassen, und er sei leider sehr sicher, daß Herr Fahlenbock einen riesengroßen Fehler begehe. Er fand sich wieder auf der Couch, dieses Mal auf der anderen Seite, auf Lilos Platz, ihm gegenüber Fahlenbock. Die blonde Frau war mit Lilo in den Schlaftrakt gegangen. Sie solle Lilo behilflich sein, so hatte der Oberkommissar gesagt, sich anzuziehen und ein paar Sachen einzupacken.

Grewe, der sich geistesabwesend einen neuen Whisky geholt hatte und ihn unter dem strengen Blick des Oberkommissars zu sich nahm, raffte sich schließlich zu der Frage auf, die ihn selbst so lange beschäftigt hatte: »Aber alle Indizien haben doch auf Herrn Steinkamp hingewiesen?« Und er fügte verzweifelt hinzu: »Und er muß es doch gewesen sein, es gibt doch gar keine andere Erklärung?«

Der Oberkommissar sagte: »Na, na, Herr Grewe. Meinen Sie nicht, daß die Polizei ein paar zuverlässigere Methoden hat, um so etwas nachzuprüfen? Ich weiß, daß Journalisten kluge Leute sind. Aber ganz so dumm ist die Polizei auch nicht.«

»Natürlich nicht. Aber wie soll denn Frau Steinkamp das angestellt haben? Sie war doch gar nicht in Paris?«

Der Oberkommissar strich sich über die Haare. »Ich will Sie mal was fragen, Herr Grewe, aus alter Freundschaft, nur was fragen: Haben Sie schon mal darüber nachgedacht, daß die Bombe vielleicht gar nicht in dem Päckchen war?« Er sah Grewe eine Weile an, schlug dann ein Bein über das andere und wippte mit der Fußspitze.

Grewe schluckte schwer, griff zu seinen Zigaretten. »Das verstehe ich nicht. Wie soll die Bombe denn sonst in Delvos' Zimmer gekommen sein?«

»Das haben wir uns auch gefragt.« Der Oberkommissar lächelte. »Sie zum Beispiel hätten sie da ablegen können.«

»Wollen Sie mich etwa auch verhaften?«

»Nein, nein, keine Sorge.« Der Oberkommissar rieb sich die Hände. »Was glauben Sie, was Sie bei einer kriminaltechnischen Untersuchung alles herausbekommen. Da bekommen Sie zum Beispiel heraus, wo so eine Bombe gewesen sein könnte – gewesen sein muß, verstehen Sie? Nun denken Sie mal nach.«

Grewe war dieses Spiel satt, er hielt es nicht mehr aus, jeden Augenblick konnte Lilo mit dieser blonden Frau zurückkommen. »In Delvos' Koffer, meinen Sie?«

»Nicht schlecht, Herr Grewe. Und wenn Sie das mal annehmen, dann werden Sie erkennen, daß der Rest für uns Routine war. Zeitraubende Routine, das ist richtig.« Er sah Grewe streng an. »Routine, bei der Sie uns die Arbeit hätten erleichtern können, Herr Grewe, das muß ich Ihnen doch noch einmal sagen, in aller Freundschaft.«

»Ja, ja, ich weiß, es tut mir ja leid.« Grewe trank einen langen Schluck, setzte das Glas ab, es bebte hörbar, bevor es fest auf dem Couchtisch stand. »Aber glauben Sie wirklich, daß Sie ihr das nachweisen können, Herr Fahlenbock? Ich meine: Wenn sie tatsächlich die Bombe gebaut, und wenn sie sie in Delvos' Koffer gepackt hätte – es war doch niemand dabei. Was machen Sie denn, wenn sie es abstreitet?«

Fahlenbock klopfte mit der Hand sein Hosenbein ab. »Der Staatsanwalt wird es nicht leicht haben. Aber das ist nicht selten so in einem Mordprozeß. Wir werden uns hier auch noch ein bißchen umsehen. Ich weiß nicht, ob Sie über Frau Steinkamps Vermögensverhältnisse im Bilde sind . . .« Er sah ihn prüfend an.

Grewe schüttelte den Kopf.

»Es wäre ja möglich gewesen, Herr Grewe. Es ist doch jedenfalls anzunehmen, daß sie durch Herrn Steinkamps Tod eine reiche Frau wird.«

Der Oberkommissar beugte sich vor: »Und haben Sie schon einmal darüber nachgedacht, Herr Grewe, daß Herr Steinkamp zu einem etwas merkwürdigen Zeitpunkt gestorben ist, nachdem er zwei Jahre lang doch recht munter gelebt hat, nach seinem ersten Herzinfarkt?«

»Wollen Sie ihr etwa auch noch einen Mord an ihrem Mann anhängen? Ich habe Ihnen doch gesagt, daß er mit dem Gedanken an Selbstmord umging?«

»Von anhängen kann gar nicht die Rede sein, Herr Grewe. Es gibt da nur Überlegungen, denen wir nachgehen. Und nachgehen müssen, das werden Sie als Staatsbürger doch verstehen. Ich gebe zu, in diesem Fall würde es der Staatsanwalt wahrscheinlich noch viel schwerer haben. Und ich will Ihnen noch was sagen, aus Freundschaft, und weil ich weiß, daß Sie keinen falschen Gebrauch davon machen werden: Wenn Frau Steinkamp sich einen guten Rechtsanwalt nimmt, dann sind ihre Chancen gar nicht so schlecht.« Der Oberkommissar lehnte sich zurück. »Aber das ist nicht unser Problem.«

Grewe hatte sie nicht kommen hören, er sah sie erst, als sie an der obersten Stufe der Treppe stand, die Beamtin neben ihr. Sie trug einen blauen Wildledermantel, blaue Pumps, in der Hand einen kleinen blauen Koffer. Fahlenbock stand auf, ging durch den Wohnraum, löschte die Lampen, eine nach der anderen, sah prüfend in den Kamin.

Grewe saß da, sah sie an, hatte das Gefühl, daß der Raum um ihn herum zerbrach, das Haus einstürzte, die Straße, die Welt, daß die Zeit, diese eine Sekunde jetzt, sich rasend schnell ausdehnte, daß sie die Vergangenheit auffraß, sie sich zu eigen machte, und alle Zukunft, die je hätte sein können, er glaubte, einen Ton zu hören, Töne, die Musik eines Orchesters aus unzähligen Stimmen, von überall her, von weither, und doch, in einem irrsinnigen Crescendo, schließlich so laut, so nahe rings um ihn herum, daß seine Ohren es nicht mehr ertragen konnten.

Er stand mit einer jähen Kraftanstrengung auf, ging zu ihr, die drei Stufen empor.

Sie stellte den kleinen Koffer ab, streckte ihm die Arme entgegen, sah ihn an aus Augen voll von blankem Entsetzen und preßte ihn an sich. »Peter, Peter, ich habe solche Angst!«

Er beugte wieder den Kopf auf ihre Schulter, flüsterte: »Du brauchst keine Angst zu haben, hörst du. Es wird alles wieder gut werden, hörst du. Du brauchst keine Angst zu haben.«

Sie legte den Kopf zurück, er sah sie an, Tränen füllten ihre Augen. »Peter, ich hab' dich doch geliebt, ich lieb' dich doch immer noch. Kannst du mir denn wenigstens das glauben?«

»Ich glaub' dir doch, Lilo. Ich weiß es doch.« Er küßte sie sanft auf die Wange.

Fahlenbock, der am Fuß der Treppe stand, räusperte sich. Grewe ließ sie langsam los, ihre Hände streiften noch einmal über seine Arme, seine Hände, es war, als ob sie ihn nicht lassen wollten. Dann nahm sie den kleinen Koffer auf. Die Beamtin faßte sie leicht unter dem Arm, führte sie hinaus. Fahlenbock legte die Hand auf Grewes Schulter. »Tja, so ist das, Herr Grewe.«

Als der Wagen abfuhr, ein jüngerer Beamter am Steuer, Fahlenbock daneben, die beiden Frauen auf dem Rücksitz, hob Grewe die Hand und winkte. Er konnte im matten Schein der Straßenlaternen nicht erkennen, ob sie zurückwinkte. Er ging langsam zu seinem Auto, setzte sich hinein, blieb regungslos sitzen, starrte durch die Windschutzscheibe.

Plötzlich knöpfte er seinen Mantel auf, fuhr in die Jackentasche, suchte und fand mit bebenden Fingern das Geschoß, in den Notizzettel eingewickelt. Er stieg wieder aus, sah sich um. Die Straße lag still und verlassen. Er zündete sich eine Zigarette an, sah noch einmal um sich, ging dann um seinen Wagen herum und suchte mit den Augen den Rinnstein ab. Gleich unter der Stoßstange fand er ein Abflußgitter. Er bückte sich, als ob er die Stoßstange untersuchen wolle, wickelte das Geschoß aus dem Notizzettel und ließ es aus zwei Fingerkuppen durch das Gitter fallen. Es verschwand lautlos im Abgrund.

Er knüllte den Zettel zusammen, steckte ihn in die Manteltasche, sah sich wieder um. Niemand war zu sehen. Er stieg wieder in sein Auto, zog den Aschbecher heraus, griff in seine Jackentasche und suchte den Briefbogen. Er schlug ihn noch einmal auf, betrachtete im Halbdunkel Lilos runde Schriftzüge, faltete den Bogen dann auf einen schmalen Streifen zusammen und zündete ihn mit seinem Feuerzeug an. Eine stille, gelbe Flamme fraß den Bogen auf, Grewe schob mit der Fingerspitze das Papier nach, bis das letzte Stück auf der Metallzunge des Aschbechers verglühte.

Grewe startete den Motor. Er spürte, und eine heiße Welle von Scham und Entsetzen durchlief ihn, er hatte seit einer Ewigkeit nicht mehr geweint, er spürte, daß er dieses Mal das Würgen in seiner Kehle nicht hinunterkämpfen konnte. Als er auf die Hauptstraße einbog, rannen ihm die Tränen über beide Wangen. Er ließ sie rinnen, hielt die Hände fest am Lenkrad, sah starr geradeaus auf die Straße, deren Bogenlampen über ihn hinwegliefen.

ENDE